JN069390

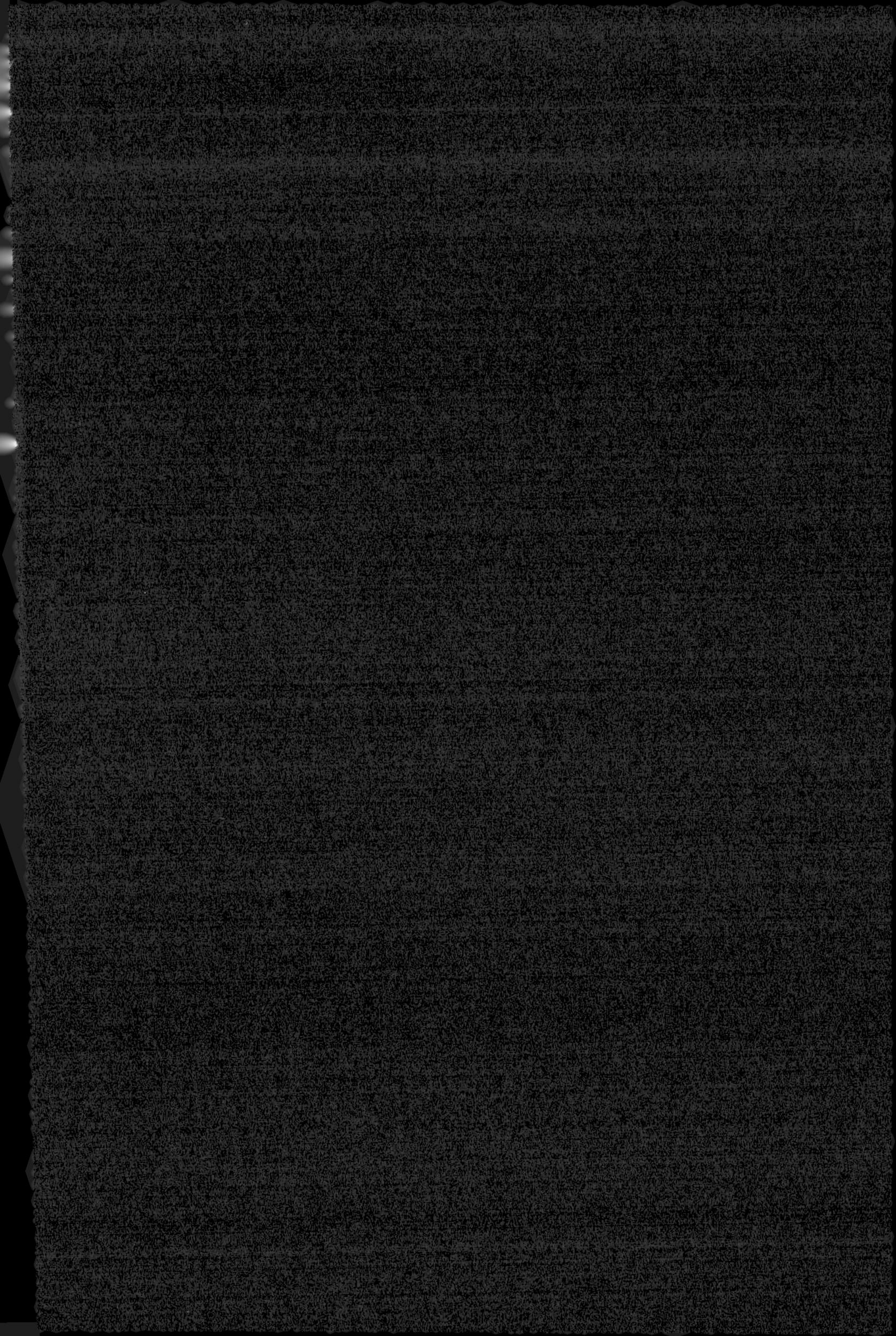

江戸川乱歩

背徳幻想傑作集

人間椅子

長山靖生・編

小鳥遊書房

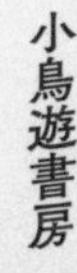

人間椅子

江戸川乱歩　背徳幻想傑作集／目次

人間椅子　江戸川乱歩　背徳幻想傑作集

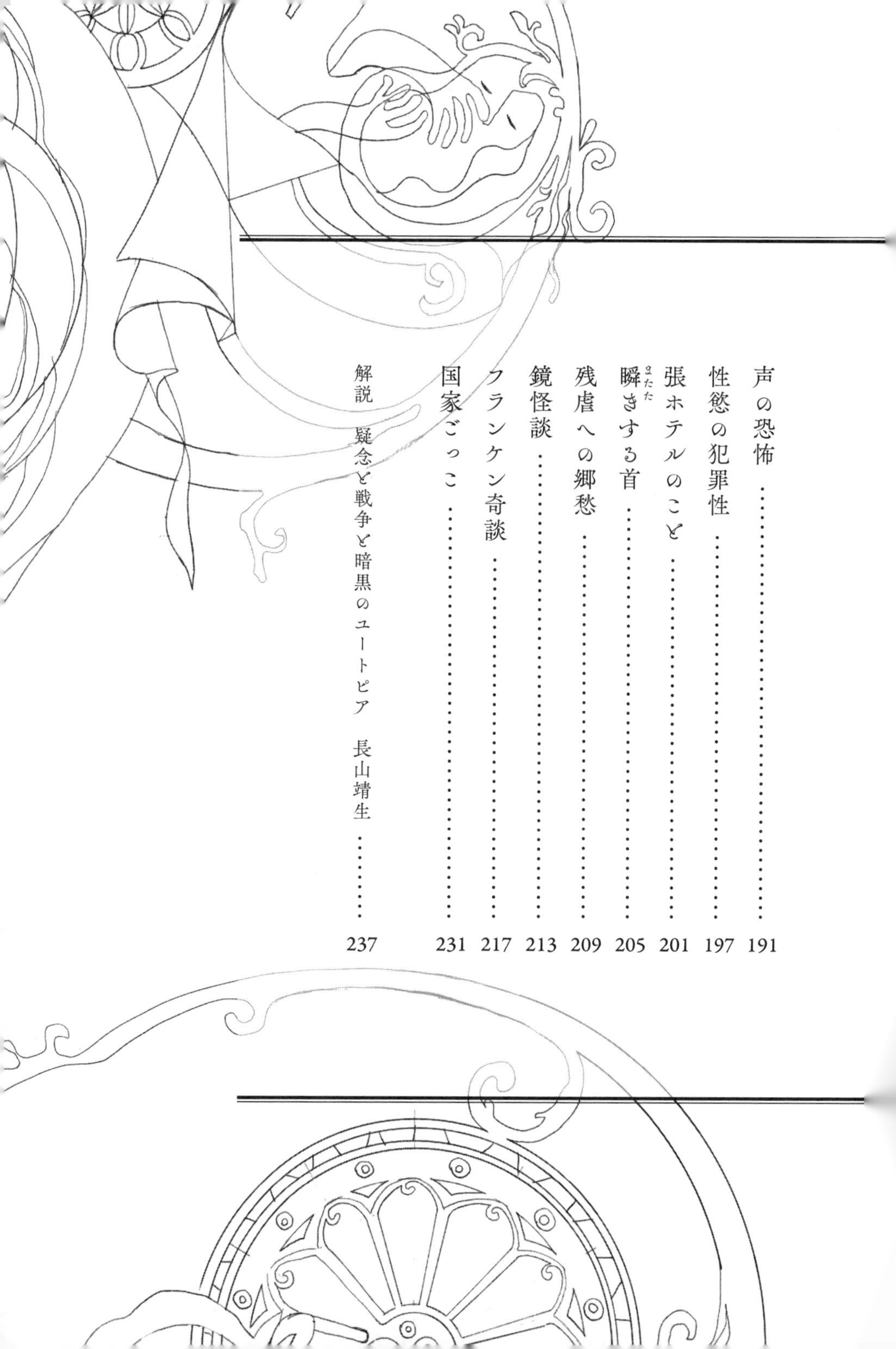

二癈人

二人は湯から上って、一局囲んだ後を煙草(たばこ)にして、渋い煎茶(せんちゃ)を啜(すす)りながら、何時(いつ)もの様にボツリボツリと世間話を取交していた。穏かな冬の日光が障子(しょうじ)一杯に拡(ひろが)って、八畳の座敷をほかほかと暖めていた。大きな桐の火鉢(ひばち)には銀瓶(ぎんびん)が眠気を誘う様な音を立てて沸(たぎ)っていた。夢の様にのどかな冬の温泉場の午後であった。

　無意味な世間話が何時(いつ)の間にか懐旧談に入って行った。客の斎藤(さいとう)氏は青島役の実戦談を語り始めていた。部屋のあるじの井原(いはら)氏は火鉢に軽く手を翳(かざ)しながら、黙ってその血腥(ちなまぐさ)い話に聞入っていた。幽(かす)かに鶯(うぐいす)の遠音(とおね)が、話の合(あい)の手(て)の様に聞えて来たりした。昔を語るにふさわしい周囲の情景だった。

　斎藤氏の見るも無慚(むざん)に傷(きず)いた顔面はそうした武勇談の話し手として至極似つかわしかった。彼は砲弾の破片に打たれて出来たという、その右半面の引釣(ひきつり)を指しながら、当時の有様を手に取る様に物語るのだった。その外にも、身体中に数ケ所の刀傷があり、それが冬になると痛むので、こうして湯治(とうじ)に来るのだといって、肌を脱いでその古傷を見せたりした。

「これで、私も若い時分には、それ相当の野心を持っていたんですがね。こういう姿になっちゃお仕舞(しまい)ですよ」

　斎藤氏はこう云(い)って永い実戦談の結末をつけた。

　井原氏は、話の余韻(よいん)でも味(あじわ)う様に暫(しばら)く黙っていた。

「この男は戦争のお蔭で一生台無しにして了(しま)った。お互に癈人なんだ。がこの男はまだしも名誉という気安めがある。併(しか)し俺には……」

　井原は又しても心の古傷に触れてヒヤリとした。そして肉体の古傷に悩んでいる斎藤氏などはまだまだ仕合せだと思った。

「今度は一つ私の懺悔話を聞いて戴きましょうか。勇ましい戦争の御話の後で、少し陰気過ぎるかも知れませんが」

お茶を入換えて一服すると、井原氏は如何にも意気込んだ様にこんな事を云った。

「是非伺い度いもんですね」

斎藤氏は即座に答えた。そして何事かを待構える様にチラと井原氏の方を見たが、直ぐ、さりげなく眼を伏せた。

井原氏はその瞬間、オヤと思った。井原氏は今チラと彼の方を見た斎藤氏の表情に、どこか見覚えがある様な気がしたのだった。彼は斎藤氏と初対面の時から——といっても十日計り以前のことだが——何かしら、二人の間に前世の約束とでも云った風の引懸りがある様な気がしていた。そして、日が経るにつれて、段々その感じが深くなって行った。でなければ、宿も違い、身分も違う二人が、僅か数日の間にこんなに親しくなる筈がないと井原氏は思った。

「どうも不思議だ。この男の顔は確かどこかで見たことがある」併しどう考えて見ても少しも思い出せなかった。「ひょっとしたら、この男と俺とは、ずっとずっと昔の、例えば、物心のつかぬ子供の時分の遊び友達ででもあったのではあるまいか」そんな風に思えば、そうとも考えられるのだった。

「いや、さぞかし面白いお話が伺えることでしょう。そういえば、今日は何だか昔を思い出す様な日和ではありませんか」

斎藤氏は促す様に云った。

井原氏は恥しい自分の身の上を、これまで人に話したことはなかった。寧ろ出来る丈け隠して置こうとしていた。自分でも忘れようと努めていた。それが、今日はどうしたはずみか、ふと話して見度くなった。

「さあ、どういう風に御話したらいいか……私は××町で一寸古い商家の総領に生れたのですが、親に甘やかされたのが原因でしょう、小さい時から病身で、学校などもその為に一二年遅れた程ですが、その他には、これという不都合もなく、小学から中学、それから東京の××大学と、人様よりは遅れながらも、先ずまず順当に育って行ったのでした。東京へ出てから身体の方も割合順調に行きますし、そこへ学科が専門になるにつれて興味を生じて来、ぽつぽつ親しい友達も出来て来るという訳で、不自由な下宿生活も却って楽しく、まあ何の屈託もない学生生活を送っていたのでした。今から考えますと、ほんとうにあの頃が私の一生中での花でしたよ。ところが、東京へ出て一年経つか経たない頃でした。私はふとある恐ろしい事柄に気附く様になったのです」

此処まで話すと、井原氏は何故か幽かに身震いした。斎藤氏は吸いさしの巻煙草を火鉢に突差して熱心に聞き始めた。

「ある朝のことでした。私がこれから登校しようと、身支度をしていますと、同じ下宿にいる友達が私の部屋へ入って来ました。そして私が着物を着換えたりするのを待ち合せながら『昨夜は大変な気焔だったね』と冷かす様に云うではありませんか。併し私には一向その意味が分らないのです。『気焔って、昨夜僕が気焔を吐いたとでも云うのかい』私がけげん顔に聞返しますと、友達は矢庭に腹を抱えて笑い出し『君は今朝はまだ顔を洗わないんだろう』などとからかうのです。でよく聞訊して見ますと、その前の晩の夜更けに、友達の寝ている部屋へ私が入って行って、友達を叩き起して矢庭に議論を始めたのだ相です、何でも、プラトーとアリストテレスとの婦人観の比較論か何かを滔々と弁じ立てた相ですが、自分が云い度い丈け云って了うと、友達の意見なんか聞きもしないで、サッサと引上げて了ったというのです。どうも狐にでもつままれた様な話なんです。『君こそ夢でも見たんだろう。僕は昨夜は早くから床に入って今し方までぐっすり寝込んでいたんだもの、そんなことのあり相な道理がない』といいますと、友達は『所が夢でない証拠には、君が帰ってから僕が寝つかれないで永い間読書していた位だし、何より確なのは、見給えこの葉書を、その時書いたんだ。夢で葉書を書く奴もないからね』とむきになって主張するのです。

　そんな風に押問答をしながら、結局あやふやで、その日学校へ行ったことですが、教室へ入って講師の来るのを待っている間に、友達が考え深そうな眼をして『君はこれ迄に寝とぼける習慣がありやしないか』と尋ねるのです。私はそれを聞くと、何だか恐ろしいものにぶつかった様に、思わずハッとしました。……私にはそういう習慣があったのです。私は小さい時分から寝言をよく云った相ですが、誰かがその寝言にからかいでもすると、私は寝ていてハッキリと問答した相です。而かも朝になっては少しもそれを記憶していないのです。珍らしいというので、近所の評判になっていた程なんです。でも、それは小学校時代の出来事で大きくなってからは忘れた様に直っていたのですが、今友達に尋ねられると、どうやら、この幼時の病癖と昨夜の出来事とに脈絡があり相な気がするのです。で、その事を話しますと、『では、それが再発したんだぜ。つまり一種の夢遊病なんだね』友達は気の毒相にこんなことをいうのです。

さあ、私は心配になって来ました。私は夢遊病がどんなものか、ハッキリしたことは無論知りませんでしたが、夢中遊行、離魂病、夢中の犯罪などという熟語が気味悪く浮んで来るのです。第一若い私には寝とぼけたという様なことが恥しくてならなかったのです。若しこんな事が度々起る様だったらどうしようと、私はもう気が気ではありません。その事あって二三日してから、私は勇気を鼓して知合の医者の所へ出掛けて相談して見ました。ところが医者の云いますのには、『どうも夢中遊行症らしいが、併し一度位の発作でそんなに心配しなくともよい、そうして神経を使うのが却って病気を昂進させる元だ。なるべく気をしずめて、呑気に、規則正しい生活をして、身体を丈夫にし給え。そうすれば、自然そんな病気も直って了う』という至極楽天的な話なんです。で、私も諦めて帰ったのですが、不幸にして私という人間は、生れつき非常な神経病みでして、一度そんなことがあると、もうそれが心配で心配で、勉強なども手につかぬという有様でした。

どうかこれ切り再発しなければいいがと、その当座毎日ビクビクものでしたが、仕合せと一月計りというものは何事もなく過ぎて了いました。ヤレヤレ助かったと思っていますと、どうでしょう、それも束の間の糠悦で、間もなく今度は以前よりもひどい発作が起り、なんと、私は夢中で他人の品物を盗んで了ったのです。

朝眼を覚して見ますと、私の枕下に見知らぬ懐中時計が置いてあるではありませんか、妙だなと思っている内に、同じ下宿にいた、ある会社員の男が『時計がない、時計がない』という騒ぎなんでしょう。私は、『さては』と悟ったのですが、何とも極りが悪くて謝りに行くにも行けないという始末です。とうとう以前の友達を頼んで、私が夢遊病者だということを証明して貰って時計を返し、やっと其場は納ったのですが、さあそれからというものは『井原は夢遊病者だ』という噂がパッと拡って了って、学校の教室での話題にさえ上るという有様でした。

私はどうかして、この恥しい病を治し度いと、その方面の書物を買込んで読んで見たり、色々の健康法をやって見たり、勿論数人も医者を換えて見て貰うという訳で、出来る丈手を尽したのですが、どうして直るどころか、段々悪くなって行く計りです。月に一度、ひどい時には二度位宛、かならず例の発作がおこり、少しずつ夢中遊行の範囲が、広くなって行くという始末です。そして、その度毎に他人の品物を持ってくるか、自分の持物を持って行った先へ落して来るのです。それさえなければ他人に知られずに済むこともあったのでしょうが、悪いことには、大抵何か証拠品が残るのです。それとも若しかしたら、そうでない場合にも度々発作を起していても、証拠品がない為に知らずに了ったのかも知れません。何にしても我ながら薄気味の悪い話でした。ある時などは真夜中に下宿屋から抜出して、近所のお寺の墓地をうろついていたことなどもありました。拍子の悪いことには、丁度その時、墓地の外の往来を、同じ下宿屋にいるある勤人が宴会の帰りかなんかで通り合せて、低い生垣越しに私の姿を認め、あすこには幽霊が出るなどと云いふらしたものですから、実はそれが私だったと判ると、さあ大変な評判なんです。

そんな風で私はいい物笑いなんです。成程、他人から見れば曾我廼家以上の喜劇でありましょうが、当時の私の身にとっては、それがどんなにつらく、どんなに気味の悪いことだったか、その気持は、とても当人でなけりゃ分りっこありませんよ。初めの間は、今夜も失策をしやしないか、今夜も寝とぼけやしないかと、それが非常に恐ろしかったのですが、段々、単に睡るというそのことが恐ろしくなって来ました。いや睡る睡らないに拘らず、夜になると寝床に入らなければならぬということが脅迫観念になって来ました。そうなると、馬鹿げた話ですが、自分のでなくても、夜具というものを見るのが、云うに云われぬいやな心持なんです。普通の人達には一日中で最も安らかな休息時間が、私に最も苦しい時なのです。何という不幸な身の上だったのでしょう。

それに、私にはこの発作が起り始めた時から、一つ恐ろしい心配があったのです。というのはいつまでもこのような喜劇が続いて、人の物笑いになっている丈けで済めばいいが、若しこれが何時の日か取りかえしのつかぬ悲劇を生むことになりはしないか、という点でした。私は先にも申上げました様に、夢遊病に関する書物は出来る丈け手を尽して蒐集(しゅうしゅう)し、それを幾度も幾度も読み返していた位ですから、夢遊病者の犯罪の実例なども沢山知っていました。そして、その中には数々の身震いする様な血腥い事件が含まれていたのです。気の弱い私がどんなにそれを心配したか、蒲団を見てさえ気持が悪くなるというのも決して無理ではなかったのです。軈(やが)て私もこうしてはいられないと気がつきました。一層学業を抛(なげう)って国許に帰ろうと決心したのです。で、ある日、それは最初の発作が起ってからもう半年余りもたった頃でしたが、長い手紙を書いて親達のところへ相談して遣りました。そして、その返事を待っている間に、どうでしょう、私の恐れに恐れていた出来事が、とうとう実現して了ったのです。私の一生涯をめちゃめちゃにして了うような、とり返しのつかぬ悲劇が持上ったのです」

斎藤氏は身動きもしないで謹聴していた。併し彼の眼は、物語の興味に引つけられているという以上に何事かを語っている様に見えた。正月の書入れ時もとくに過ぎた温泉場は、湯治客も少く、ひっそりとして物音一つしなかった。小鳥の啼声ももう聞えては来なかった。実世間というものから遠く切離された世界に、二人の癈人は異常な緊張を以て相対していた。

「それは丁度今から二十年前、明治××年の秋のことです。随分古い御話ですがね。ある朝眼を覚しますと、何となく家の中がざわついていることに気附きました。傷持つ足の私は又何か失策をやったのではないかと、直ぐいやな気持に襲われるのでしたが、暫く寝ながら様子を考えている中に、どうも唯事でないという気がし出しました。何とも云えぬ恐ろしい予感が、ゾーッと背中を這上って来るのです。部屋の中に、昨夜私が寝た時とはどことなく変った所がある様な気がするのです。で、起上ってよく検べて見ますと、案の定、変なものが眼に入りました。部屋の入口の所に見覚えのない小さな風呂敷包が置いてあるではありませんか。それを見た私は、何ということでしょう、矢庭にそれを掴んで押入の中へ投込んで了ったのです。そして、押入の戸を締めると盗人の様にあたりを見廻して、ほっと溜息をつくのでした。丁度その時音もなく障子を開けて一人の友達が首を出しました。そして小さな声で『君、大変だよ』と如何にも事ありげに囁くのです。私は今の挙動を悟られやしなかったかと気が気でなく返事もしないで居ますと、『老人が殺されているんだ。晩夜泥坊が入ったんだよ。まあ一寸来て見給え。』そう云って友達は行って了いました。私はそれを聞くと、喉が塞がった様になって、暫くは身動きも出来ませんでしたが、やっと気を取直して様子を見に部屋を出て行きました。そして私は何を見、何を聞いたのでしょう。……その時の何ともいえぬ変な心持というものは、二十年後の唯今でも、昨日のことの様にまざまざと思出されます。殊にあの老人の物凄い死顔は、寝ても覚めても、この眼の前にちらついて離れる時がありません」

井原氏は恐れに耐えぬ様に、あたりを見廻した。

「で、その出来事をかい摘んで申上げますと、その夜丁度、息子夫婦が泊りがけで親戚へ行っていたので、下宿の老主人は唯一人玄関脇の部屋に寝ていたのですが、いつも朝起きの主人が其日に限っていつまでも寝ているので、女中の一人が不審に思ってその部屋を覗いて見ますと、老人は寝床の中に仰臥(ぎょうが)したまま、巻いて寝ていたフランネルの襟巻で絞殺されて冷たくなっていたのです。取調の結果、犯人は老人を殺して置いて、老人の巾着(きんちゃく)から鍵を取出し、箪笥(たんす)の抽斗(ひきだし)をあけ、その中の手提金庫から多額の債券や株券を盗み出したことが分りました。何分その下宿屋は、夜更けに帰って来る客の為に、いつだって入口の戸に鍵をかけたことがないのですから、賊の忍入るにはお誂向き(あつらえむき)なんですが、その代りによくしたもので、殺された老主人が馬鹿に眼敏い(めざとい)男なので、滅多(めった)なこともなかろうと、皆安心していた訳なんです。現場(げんじょう)には別段これという手掛りも発見されなかったらしいのですが、唯一つ、老主人の枕下に一枚の汚れたハンカチが落ちていて、それを其筋の役人が持って行ったという噂なんです。

暫くすると、私は自分の部屋の押入の前に立って、それを開けようか開けまいかと、手を出したり引込めたり、うろたえていました。押入の中には、そら、例の風呂敷包があるのです。それを検べて見て、若し殺された老人の財産が入っていたら……まあその時の私の心持を御察し下さい。ほんとうに命懸(いのちがけ)の土壇場です。私は長い間、そうして寿命の縮む思(おもい)をしながらも、どうしても押入が開けられないで立ちつくしていましたが、遂に意を決して風呂敷包を検べて見たのです。その途端(とたん)私はグラグラと眩暈(めまい)がして、暫くは気を失った様になって了いました。……あったのです。その風呂敷包の中に、債券と株券がちゃんと入っていたのです……。現場に落ちていたハンカチも私のものだった事が後になって分りました。

結局、私はその日の中に自首して出ました。そして色々の役人に幾度となく取調べを受けた上、思出してもゾッとする未決監（みけつかん）へ入れられたのです。私は何だか白昼悪夢にうなされている気持でした。夢遊病者の犯罪というものが余り類例がないことなので、専門医の鑑定だとか、下宿人達の証言だとか色々手数のかかる取調べがありましたが、私が相当の家の息子で金の為に殺人を犯す道理がない事も分って居ましたし、私が夢遊病者だということは友人などの証言で明白なことですし、それに、国の父親が上京して三人も弁護士を頼んで骨折って呉れたり、最初夢遊病を発見した友達――それは木村という男でしたが――その男が学友を代表して熱心に運動して呉れたり、其他色々私にとって有利な事情が揃っていた為でもありましょう。長い未決監生活の後、遂に無罪の判決が下されました。さて無罪になったものの、人殺しという事実は、ちゃんと残っているのです。何という変てこな立場でしょう。私はもう無罪の判決を嬉しいと感じる気力もない程疲れ切っていました。

私は放免されるとすぐ様、父親同行で郷里に帰りました。が、家の敷居を跨ぐと、それまででも半病人だった私は、ほんとうの病人になって了って、半年計り寝た切りで暮すという始末でした。……こんなことで私はとうとう一生を棒にふって了ったのです。父親の跡は弟にやらせて、それから後二十年の長い月日を、こうして若隠居といった境遇で暮しているのですが、もう此頃では煩悶（はんもん）もしなくなりましたよ。ハハハ……」

井原氏は力ない笑声で長い身の上話を結んだ。そして、

「下らないお話で、さぞ御退屈でしたろう。さあ、熱いのを一つ入れましょう」

と云いながら茶道具を引寄せるのだった。

「そうですか。一寸拝見した所は結構な御身分の様でも、伺って見ればあなたもやっぱり不幸な方なんですね」斎藤氏は意味ありげな溜息を吐きながら「ですが、その夢遊病の方は、すっかりお直りなすったのですか」

「妙なことには、人殺し騒ぎの後、忘れた様に一度も起らないのです。恐らく、その時余りひどい刺戟（しげき）を受けた為だろうと医者は云っています」

「そのあなたのお友達だった方……木村さんとかおっしゃいましたね。……その方が最初あなたの発作を見たのですね。それから時計の事件と、それから、墓地の幽霊の事件と、……その外の場合はどんな風だったのでしょうか。御記憶だったら御話下さいませんか」

斎藤氏は、突然少しどもりながら、こんなことを云い出した。彼の一つしかない眼が異様に光っていた。

「そうですね。皆似たり寄ったりの出来事で、殺人事件をのけては、まあ墓地を彷徨（さまよ）った時のが一番変っていたでしょう。あとは大抵同宿者の部屋へ侵入したという様なことでした」

「で、いつも品物を持って来るとか、落して来るとかいうことから発見された訳ですね」

「そうです。でも、そうでない場合も度々あったかも知れません。ひょっとしたら、墓場どころではなく、もっともっと遠い所へ彷徨い出していたこともあったかも知れません」

「最初木村というお友達と議論をなすった時と、墓場で勤人の人に見られた時と、その外に誰かに見られたという様なことはないのですか」

「いや、まだ沢山あった様です。夜半に下宿屋の廊下を歩廻っている跫音を聞いた人もあれば、他人の部屋へ侵入する所を見たという人などもあった様です。併しあなたはどうしてそんなことを御尋ねになるのです。何だか私が調べられている様ではありませんか」

井原氏は無邪気に笑って見せたが、その実少し薄気味悪く思わないではいられなかった。

「いや御免下さい。決してそういう訳ではないのですが、あなたの様なお人柄な方が仮令（たとい）夢中だったといえ、そんな恐ろしいことをなさろうとは、私にはどうも考えられないものですから。それに一つ、私にはどうも不審な点があるのです。どうか怒らないで聞いて下さい。こうして不具者になって世間をよそに暮していますと、つい何事にも疑深くなるのですね。……ですが、あなたにはこういう点をお考えなすった事がありますか知ら。夢遊病者というものは、その兆候（ちょうこう）が本人にも絶対に分らない。夜中に歩廻ったり、お喋りをしたりしても、朝になればすっかり忘れている。つまり他人に教えられて初めて『俺は夢遊病者なのかなあ』と思う位のことでしょう。医者に云わせると、色々肉体上の徴候もある様ですが、それとても実に漠（ばく）としたもので、発作が伴って初めて決せられる程度のものだというではありませんか。私は自分が疑深いせいですか、あなたはよく無雑作（むぞうさ）に自分の病気をお信じなすったと思いますよ」

井原氏は、何かえたいの知れぬ不安を感じ始めていた。それは、斎藤氏の話から来たというよりは、寧ろ対手（あいて）の見るも恐ろしい容貌から、その容貌の裏にひそむ何者かから来た不安であった。併し彼は強（し）いてそれを圧（おさえ）つけながら答えた。

「なる程、私とても最初の発作の時にはそんな風に疑っても見ました。そして、これが間違であって呉れればいいと祈った程でした。でも、あんなにも長い間、絶間なく発作が起っては、もうそんな気安めも云っていられなくなるではありませんか」

「ところが、あなたは一つの大切な事柄に気附かないでいらっしゃる様に思われるのです。というのは、あなたの発作を目撃した人が少い。いや煎じつめればたった一人だったという点です」

井原氏は、相手がとんでもないことを空想しているらしいのに気附いた。それは実に、普通人の考えも及ばぬ様な恐ろしいことだった。

「一人ですって、いや決してそんなことはありません。先程も御話した様に、私が他人の部屋へ入る後姿を見たり廊下の跫音を聞いたりした人はいくらもあるのです。それから墓場の場合などは、名前は忘れましたがある会社員が確に目撃して、私にそれを話した位です。そうでなくても、発作の起る度にきっと、他人の品物が私の部屋にあるか、私の持物がとんでもない遠方に落ちているかしたのですから、疑う余地がないじゃありませんか。品物が独(ひと)りで位置を換る筈もありませんからね」

「いや、そういう風に発作の度毎に証拠品が残っていたという点が、却て怪しいのです。考えて御覧なさい、それらの品物は、必ずしもあなた自身の手を煩わさなくても、誰か外の人がそっと位置を換て置くことも出来るのですからね。それから、目撃者が沢山あった様におっしゃいますが、墓場の場合にしても、その他の後姿を見たとか何とかいうのは、皆曖昧(あいまい)な所があります。あなたでない他の人を見ても、夢遊病者という先入主の為に、少し夜更けに怪しい人影でも見れば、すぐあなたにして了ったのかも知れません。そういう際に間違った噂を立てたからとて、少しも非難される憂(うれ)いはありませんし、その上、一つでも新しい事実を報告するのを手柄の様に思うのが人情ですからね。さあ、こういう風に考えて見ますと、あなたの発作を目撃したという数人の人々も、沢山の証拠の品物も、皆ある一人の男の手品から生れたのだと云えないこともないではありませんか。それは如何にも上手な手品には相違ありません。でも、いくら上手でも手品は手品ですからね」

井原氏はあっけに取られた様に、ぼんやりして、相手の顔を眺めていた。彼は余りのことに考えを纏(まと)める力をなくした人の様に見えた。

「で、私の考えを申しますと、これはその木村というお友達の深い考えから編出(あみだ)された手品かも知れないと思うのです。何かの理由からその下宿屋の老主人を無きものにし度い、そっと殺して了い度い。併し、仮令如何程(いかほど)巧妙な方法で殺しても、殺人が行われた以上、どうしても下手人が出なければ納りっこはありませんから、誰か別の人を自分の身代りに下手人にする、而かもその人には出来る限り迷惑の掛らぬ様な方法で……若し、若しですよ、その木村という人がこんな立場にあったと仮定しますならば、あなたという信じ易い、気の弱い人を夢遊病者に仕立てて一狂言書くということは、実に申分のない考えではないでしょうか。

こういう仮定を先ず立てて見て、それが理論上成たつかどうかを調べて見ましょう。さて、その木村という人はある機会を見て、あなたにありもしない作話をして聞かせます。と、都合のいい事にはあなたが少年時代に寝とぼける癖があったことが一つの助けとなって、その試みが案外効果を収めたとします。そこで木村氏は、他の下宿人の部屋から時計その他のものを盗み出して、あなたの寝ている部屋の中へ入れて置くとか、気附かれぬ様にあなたの持物を盗み出して他の場所へ落して置くとか、自分自身があなたの様に装って墓場や下宿の廊下などを歩廻るとか、種々様々の機智を弄(ろう)して益々あなたの迷信を深めようとします。又一方、あなたの周囲の人達にそれを信じさせる為に色々の宣伝をやります。こうして、あなたが夢遊病だということが本人にも周囲にも完全に信じられる様になった上で、最も都合のいい時を見計らって、木村氏自身が敵と狙う老人を殺害するのです。そして、その財産をそっとあなたの部屋に入れて置き、前以て盗んで置いたあなたの所持品を現場へ遺して置くと、こういう風に想像することが、あなたは理論的だとは思いませんか。一点の不合理も見出せないではありませんか。そしてその結果はあなたの自首ということになります。成程それはあなたにとって随分苦しいことには相違ありませんが、刑罰という点では無罪とは行かずとも比較的軽く済むのは分り切ったことです。よし多少の刑罰を受けた所で、あなたにして見れば病気のさせた罪ですから、真実の犯罪程心苦しくはない筈です。少くも木村氏はそう信じていたことでしょう。別段あなたに対して敵意があった訳ではなかったのですからね。ですが若し彼があなたの今の様な告白を聞いたなら、さぞかし後悔したことでしょう。

　いやとんだ失礼なことを申上げまして、どうか気を悪くしないで下さい。これというのも、あなたの懺悔話を伺って余り御気の毒に思ったものですから、つい我を忘れて変な理窟を考え出して了ったのです。ですが、あなたのお心を二十年来悩まして来た事柄も、こういう風に考えればすっかり気安くなるではありませんか。如何にも私の申上げたことは当推量かも知れません。でも、仮令当推量にしろ、そう考える方が理窟にも適い、あなたのお心も安まるとすれば、結構ではありますまいか。

　木村という人が何故老人を殺さねばならなかったか。それは私が木村氏自身でない以上どうも分り様がありませんが、そこにはきっと云うに云われぬ深い訳があった事でしょう。例えば、そうですね、敵討といった様な……」

　真青になった井原氏の顔色に気附くと、斎藤氏はふと話をやめて、何事かを虞れる様にうなだれた。二人はそうしたまま長い間対座していた。冬の日は暮るるに早く、障子の日影も薄れて、部屋の中にはうそ寒い空気が漂い出していた。

やがて、斎藤氏は恐る恐る挨拶をすると、逃げる様に帰って行った。井原氏はそれを見送ろうともしなかった。彼は元の場所に坐ったまま、込み上げて来る忿怒(ふんぬ)をじっと圧えつけていた。思掛けぬ発見に思慮を失うまいとして全力を尽していた。

併し時が経つにつれて、彼のすさまじい顔色が段々元に復して行った。そして、遂に苦い苦い笑が彼の口辺に漂うのだった。

「顔かたちこそまるで変っているが、あいつは、あいつは……だが仮令あの男が木村自身だったとしても、俺は何を証拠に復讐しようというのだ。俺という愚かものは、手も足も出ないで、あの男の手前勝手な憐憫(れんびん)を有難く頂戴するばかりじゃないか」

井原氏は、つくづく自分の愚かさが分った様な気がした。と、同時に、世にもすばらしい木村の機智を、悪(にく)むというよりは寧ろ讃美しないではいられなかった。

覆面の舞踏者

一

私がその不思議なクラブの存在を知ったのは、私の友人の井上次郎によってでありました。井上次郎という男は、世間にはそうした男が間々あるものですが、妙に、いろいろな暗黒面に通じていて、例えば、どこそこの女優なら、どこそこの家へ行けば話がつくとか、オブシーン・ピクチュアを見せる遊廓はどこそこにあるとか、東京に於ける第一流の賭場は、どこそこの外人街にあるとか、その外、私達の好奇心を満足させるような、種々様々の知識を極めて豊富に持合せているのでした。その井上次郎が、ある日のこと、私の家へやって来て、さて改まって云うことには、

「無論君なぞは知るまいが、僕達の仲間に二十日会という一種のクラブがあるのだ。実に変ったクラブなんだ。謂わば秘密結社なんだが、会員は皆、この世のあらゆる遊戯や道楽に飽き果てた、まあ上流階級だろうな、金には不自由のない連中なんだ。それが、何かこう世の常と異った、変てこな、刺戟を求めようという会なんだ。非常に秘密にしていて、滅多に新しい会員を拵えないのだが、今度一人欠員ができたので——その会には定員がある訳だ——一人だけ入会することができる。そこで、友達甲斐に、君の所へ話しに来たんだが、どうだい入っちゃ」

例によって、井上次郎の話は、甚だ好奇的なのです。云うまでもなく、私は早速挑発されたものであります。

「そうして、そのクラブでは、一体全体、どういうことをやるのだい」

私が尋ねますと、彼は待ってましたとばかり、その説明を始めるのでした。

「君は小説を読むかい。外国の小説によくある、風変りなクラブ、例えば自殺クラブだ。あれなんか少し風変り過ぎるけれど、まあ、ああ云った強烈な刺戟を求める一種の結社だね。そこではいろいろな催(もよお)しをやる。毎月(まいげつ)二十日に集るんだが、一度毎(ひとたびごと)にアッと云わせるようなことをやる。今時この日本で、決闘が行われると云ったら、君なんか本当にしないだろうが、二十日会では、こっそりと決闘の真似事(まねごと)さえやる。尤(もっと)も命がけの決闘ではないけれど、或時(あるとき)は、当番に当った会員が、犯罪めいたことをやって、例えば人を殺したなんて、まことしやかにおどかすことなんかやる。それが真(しん)に迫っているんだから、誰しも胆(きも)を冷すよ。また或時は、非常にエロチックな遊戯をやることもある。兎(と)も角(かく)、そうした様々な珍しい催しをやって、普通の道楽なんかでは得られない、強烈な刺戟を味(あじわ)うのだ、そして喜んでいるのだ。どうだい面白いだろう」

といった調子なのです。

「だが、そんな小説めいたクラブなんか、今時実際に在(あ)るのかい」

私が半信半疑で聞き返しますと、

「だから君は駄目(だめ)だよ。世の中の隅々(すみずみ)を知らないのだよ。そんなクラブなんかお茶(ちゃ)の子(こ)さ。この東京には、まだまだもっとひどいものだってあるよ。世の中というものは、君達君子(くんし)が考えている程単純ではないのさ。早い話が、ある貴族的な集会所でオブシーン・ピクチュアの活動写真をやったなんてことは、世間周知(しゅうち)の事実だが、あれを考えて見給(みたま)え。あれなんか、都会の暗黒面の一片鱗(へんりん)に過ぎないのだよ。もっともっとドエライものが、その辺の隅々に、ゴロゴロしているのだよ」

で、結局、私は井上次郎に説伏されて、その秘密結社へ入ってしまったのです。さて入って見ますと、彼の言葉に嘘はなく、いやそれどころか、多分こうしたものだろうと想像していたよりも、ずっとずっと面白い。面白いというだけでは当りません、蠱惑的という言葉がありますが、まああの感じです。一度その会に入ったら、それが病みつきです。どうしたって、会員を止そうなんて気にはなれないのです。会員の数は十七人でしたが、その中でまあ会長といった位置にいるのは、日本橋のある大きな呉服屋の主人公で、これがおとなしい商売柄に似合わず、非常にアブノルマルな男で、いろいろな催しも、主としてこの呉服屋さんの頭からしぼり出されるという訳でした。恐らく、あの男は、そうした事柄にかけては天才だったのでありましょう。その発案が一つ一つ、奇想天外で、奇絶怪絶で、もう間違いなく会員達を喜ばせるのでした。

　この会長格の呉服屋さんの外の十六人の会員も、夫々一風変った人々でした。職業分けにして見ますと、商人が一番多く、新聞記者、小説家――それは皆相当名のある人達でした――そして、貴族の若様も一人加わっているのです。かく云う私と井上次郎とは、同じ商事会社の社員に過ぎないのですが、二人共金持の親爺を持っているので、そうした贅沢な会に入っても、別段苦痛を感じないのでした。申し忘れましたが、二十日会の会費というのが少々高く、たった一晩の会合のために、月々五十円ずつ徴収せられる外に、催しによってはその倍も三倍もの臨時費が要るのでした。これはただの腰弁にはちょっと手痛い金額です。

　私は五ケ月の間二十日会の会員でありました。つまり五度だけ会合に出た訳です。先にも云う通り、一度入ったら一生止められない程の面白い会を、たった五ケ月で止してしまったというのは、如何にも変です。が、それには訳があるのです。そして、その、私が二十日会を脱退するに至ったいきさつをお話するのが、実はこの物語の目的なのであります。

で、お話は、私が入会以来第五回目の集りのことから始まるのです。それまでの四回の集りについても、若(も)し暇があればお話(はなし)したく思うのですが、そして、お話すればきっと読者の好奇心を満足させることができると信ずるのですが、残念ながら、紙数に制限もあることですから、ここには省(はぶ)くことに致します。

ある日のこと、会長格の呉服屋さんが——井関(いぜき)さんといいました——私の家(うち)を訪ねて来ました。そうして会員達の家を訪問して、個人個人の会員と親しみ、その性質を会得(えとく)して、種々の催しを計画するのが、井関さんのやり口でした。それでこそ初めて会員達の満足するような催しができるというものです。井関さんは、そんな普通でない嗜好(しこう)を持っていたにも拘(かかわ)らず、なかなか快活な人物で、私の家内なども、かなり好意を持って、井関さんの噂(うわさ)をする程になっていました。それに、井関さんの細君(さいくん)というのが又、非常な交際家で、私の家内のみならず、会員達の細君連(れん)と大変親しくしていまして、お互(たがい)に訪問をし合うような間柄(あいだがら)になっていたのです。秘密結社とはいい条(じょう)、別段悪事を企(たく)らむ訳ではありませんから、会のことは、会員の細君達にも、云わず語らずの間に知れ渡っている訳です。それがどういう種類の会であるかは分らなくとも、兎(と)も角(かく)、井関さんを中心にして月に一度ずつ集会を催すということだけは、細君達も知っていたのです。

いつものことで、井関さんは、薄くなった頭を掻(か)きながら、恵比須様(えびすさま)のようにニコニコして、客間へ入って来ました。彼はデップリ太った五十男で、そんな子供らしい会などにはまるで縁のなさそうな様子をしているのです。それが、如何にも行儀よく、キチンと座蒲団の上へ坐って、さて、あたりをキョロキョロ見廻しながら、声を低めて、会の用談にとりかかるのでした。

「今度の二十日の打合せですがね。一つ、今までとは、がらりと風の変ったことをやろうと思うのですよ。というのは、仮面舞踏会なのです。十七人の会員に対して、同じ人数の婦人を招きまして、お互に相手の顔を知らずに、男女が組んで踊ろうというのです。へへへへ、どうです。一寸面白うがしょう。で、男も女も、精々仮装をこらして頂いて、できるだけ、あれがあの人だと分らないようにするのです。そして、分らないなりに、私の方でお渡ししたくじによって踊りの組を作る、つまり、この相手が何者だか分らないという所が、味噌なんです。仮面は前以てお渡し致しますけれど、変装の方も、できるだけうまくやって頂きたい。一つはまあ、変装の競技会といった形なのですから」

一応面白そうな計画ですから、私は無論賛意を表しました。が、ただ心配なのは相手の婦人がどういう種類のものであるかという点です。

「その相手の女というのは、どこから招かれる訳ですか」

「へへへへへ」すると、井関さんは、癖の、気味悪い笑い方をして「それはまあ、私に任せておいて下さい。決してつまらない者は呼びません。商売人だとか、それに類似の者でないことだけは、ここで断言して置きます。兎も角、皆さんをアッと云わせる趣向ですから、そいつを明かしてしまっては興がない。まあまあ、女の方は私に任せておいて下さい」

そんな問答を繰返している所へ、折悪しく私の家内が、お茶を運んで来ました。井関さんは、ハッとしたように、居ずまいを正して、例の無気味な笑い方で、矢庭にヘラヘラと笑いだすのでした。

「大変お話がはずんでおりますこと」

家内は意味あり気に、そんなことを云いながらお茶を入れ始めました。

「へへへへへ、少しばかり商売上のお話がありましてね」

井関さんは、取ってつけたように、弁解めいたことを云いました。いつも、そんな風な調子なのです。そして、兎も角、一通り打合せを済ませた上、井関さんは帰りました。無論、場所や、時間などもすっかり極(きま)っていたのでした。

二

さて、当日になりますと、生れて初めての経験です。私は命ぜられた通り、精々念入りに変装して、予(あらかじ)め渡されたマスクを用意して、指定の場所へ出掛けました。

変装ということが、どんなに面白い遊戯であるかを、私はその時初めて知ることができました。そのために態々(わざわざ)、知合いの美術家の所へ行って、美術家特有の変てこな洋服を借り出したり、長髪のかつらを買求めたり、それ程にする必要もなかったのでしょうが、家内の白粉(おしろい)などを盗みだして、化粧をしたり、そして、それらの変装を、家(うち)の者達に少しも悟られないよう、こっそりとやっている気持が、又堪(たま)らなく愉快なのです。鏡の前で、まるでサーカスの道化(どうけ)役者でもあるように、顔にベタベタ白粉を塗りつける心持、あれは実際、一種異様の不思議な魅力を持っているものです。私は初めて、女が鏡台の前で長い時間を浪費する気持が、分ったように思いました。

兎も角変装を済ませた私は、異形の風体を人力車の幌に隠して、午後八時という指定に間に合うように、秘密の集会場へと出かけました。

集会場は山の手のある富豪の邸宅に設けられてありました。俥がその邸宅の門に着くと、私は予て教えられていた通り、門番小屋に見張り番を勤めている男に、一種の合図をして、長い敷石道を玄関へとさしかかりました。アーク燈の光が、私の不思議な恰好を長々と、白い小石道に映し出していました。

玄関には一人のボーイ体の男が立っていて、これは無論会が傭ったものなのでしょう、私の風体を怪しむ様子もなく、無言で内部へ案内してくれました。長い廊下を過ぎて、洋風の大広間に入ると、そこにはもう、三々五々、会員らしい人々や、その相手を勤める婦人達が、立っていたり、歩いていたり、長椅子に沈んでいたりしました。朧にぼかした燈光が、広く立派な部屋を、夢のように照し出していました。

私は、入口に近い長椅子に腰を下して、知人を探し出すべく、部屋の中を見渡しました。併し、彼等はまあ、何という巧みな変装者達なのでしょう。確に会員に相違ない十人近くの男達は、まるで初めて逢った人のように、脊恰好から、歩き振りから、少しも見覚えがないのです。云うまでもなく顔面は、一様の黒いマスクに隠されて、見分けるべくもありません。

外の人は兎も角、古くからの友達の井上次郎だけは、いかにうまく変装したからといって、見分けられぬ筈はあるまいと、瞳をこらして物色するのですが、私のあとから次々に部屋へ入って来た人達の内にも、それらしいのは見当りません。それはまあ、何という不思議な晩であったことでしょう。いぶし銀のようにくすんだ色の広間の中に、鈍く光った寄木細工の床の上に、種々様々の変装をこらし、お揃いのマスクをはめた十七人の男と、十七人の女が、ムッツリと黙り込んだまま、今にも何事か奇怪な出来事の起るのを待設（まちもう）けでもするように、ある者は静止し、ある者は蠢（うごめ）いているのです。

　こんな風に申しますと、読者諸君は、西洋の仮装舞踏会を聯想（れんそう）されるかも知れませんが、決してそうではないのです。部屋は洋室であり、人々は大体洋装をしてはいましたけれど、その部屋が日本人の邸宅の洋室であり、その人々が洋装をした日本人であるように、全体の調子が、非常に日本的で、西洋の仮装舞踏会などとはまるで違った感じのものでありました。

　彼等の変装は、正体をくらます点に於（お）いて極めて巧みではありましたけれど、皆、余りに地味な、或（あるい）は余りに粗暴な、仮装舞踏会という名称にはふさわしからぬものばかりでした。それに、婦人達の妙に物おじをした様子で、なよなよと歩く風情（ふぜい）は、あの活溌（かっぱつ）な西洋女の様子とは、似ても似つかぬものでありました。

　正面の大時計を見ますと、もはや指定の時間も過ぎ、会員だけの人数も揃いました。この中に井上次郎のいない筈はないのだがと、私はもう一度目を見はって、一人一人の異様な姿を調べてゆきました。ところが、やっぱり、疑わしいのは二三見当りましたけれど、これが井上だと云い切ることのできる姿はないのです。荒い碁盤縞（ごばんじま）の服を着て、同じハンチングをつけた男の肩の恰好が、それらしくも見えます。又、赤黒い色の支那服を着て、支那の帽子をかむり、態（わざ）と長い辮髪（べんぱつ）を垂れた男が、どうやら井上らしくも見えます。そうかと思うと、ピッタリ身についた黒の肉襦袢（にくじゅばん）を着て、黒絹で頭を包んだ男の歩きっぷりが、あの男らしくも思われるのです。

　朧なる部屋の様子が影響したのでもありましょう。或は又、先にも云った通り、彼等の変装が揃いも揃って巧妙を極めていたからでもありましょう。が、それらの何れよりも、覆面というものが、人を見分け難くする力は恐しい程でありました。一枚の黒布、それがこの不可思議な、または無気味な光景を醸し出す第一の要素となったことは申すまでもないのです。

　やがて、お互がお互を探り合い、疑い合って、奇妙なだんまりを演じているその場へ、先程玄関に立っていたボーイ体の男が入って来ました。そして、何か諳誦でもするような口調で、次のような口上を述べるのでありました。

「皆様、長らくお待たせ致しましたが、もはや規定の時間でもございますし、御人数もお揃いのようでございますから、これからプログラムの第一に定めました、ダンスを始めて頂くことに致します。ダンスのお相手を定めますために、予めお渡し申しました番号札を、私までお手渡しを願い、私がそれを呼び上げますから、同じ番号のお方がお一組におなり下さいますよう。それから、甚だ失礼ではございますが、中にはダンスというものを御案内のないお方様がおいでになりますので、今夜は、どなた様も、ダンスを踊るというお積りでなく、ただ音楽に合せまして、手をとり合って歩き廻るくらいのお考えで、御案内のないお方様も、少しも御遠慮なく、御愉快をお尽し下さいますよう。尚お、組合せが極まりましたならば、お興を添えますために、その部屋の電燈をすっかり消すことになっておりますから、これもお含みおきくださいますようお願い致します」

　これは多分井関さんが命じたままを復唱したものに過ぎないのでしょうが、それにしても何という変てこな申渡しでありましょう。いずれは狂気めいた二十日会の催しのことですけれど、ちと薬が利きすぎはしないでしょうか。私は、それを聞くと、何となく身のすくむ思いがしたことであります。

さて、ボーイ体の男が番号を読上げるに従って、私達三十四人の男女は、丁度小学生のように、そこへ一緒に並びました。そして、十七対の男女の組合せが出来上った訳です。男同志でさえ、誰が誰だか分らないのですから、まして相手と定った女が何者であるか、知れよう道理はありません。夫々の男女は、朧気な燈光の下に互に覆面を見交して、もじもじと相手の様子を伺っています。流石に奇を好む二十日会の会員達も、いささか立すくみの形でありました。

同じ番号の縁で私の前に立った婦人は、黒っぽい洋装をして、昔流の濃い覆面をつけ、その上から御丁寧にマスクをかけていました。一見した所、こうした場所にはふさわしくない、しとやかな様子をしていましたけれど、さて、それが何者であるか、専門のダンサーなのか、女優なのか、或はまた堅気の娘さんなのか、井関さんの先だっての口振りでは、まさか芸妓などではありますまいが、何しろ、全く見当がつかないのです。

が、だんだん見ています内に、相手の女の身体つきに、何だか見覚えのあるような気がしてきました。気の迷いかも知れませんけれど、その恰好は、どこやらで見たことがあるのです。私がそうして彼女をジロジロ眺めている間に、先方でも同じ心と見えまして、長髪画家に変装した私の姿を熱心に検査し、思いわずらっている様子でした。

あの時、蓄音器の廻転し始めるのがもう少しおそく、電燈の消えるのがちょっとでも遅れたなら、或は私は、後に私をあのように驚かせ恐れさせた所の相手を、已に見破っていたかも知れないのですが、惜しいことには、もう少しという所で、一時に広間が暗黒になってしまったのです。

ハッと暗闇になったものですから、仕方なく、或はやっと勇気づいて、私は相手の女の手を取りました。

相手の方でも、そのしなやかな手頭（てくび）を私にゆだねました。気の利いた司会者は、態とダンス物を避けて、静かな絃楽合奏のレコードをかけましたので、ダンスを知った人も、知らない人も、一様に素人（しろうと）として、広間の中を廻り始めました。若（も）しそこに僅（わず）かの光でもあろうものなら、気がさして、迚（とて）も踊ることはできなかったでしょうが、司会者の心遣いで、幸い暗闇になっていたものですから、男も女も、案外活潑に、おしまいには、コツコツという沢山（たくさん）の跫音（あしおと）が、それから、あらい息使いが、広間の天井に響き渡る程も、勢（いきおい）よく踊り出したものであります。

私と相手の女も、初めの間は、遠方から手先を握り合って、遠慮勝ちに歩いていたのが、だんだん接近して、彼女の顎（あご）が私の肩に、私の腕（かいな）が彼女の腰に、密接して、夢中になって踊り始めたのであります。

三

私は生れてから、あのような妙な気持を味（あじわ）ったことがありません。それは、まっくらな部屋なのです。そこの、寄木細工の滑（なめら）かな床の上を、樹の肌を叩（たた）いている無数の啄木鳥（きつつき）のように、コツコツコツコツと、不思議なリズムをなして、私達の靴音が走っています。そして、ダンス伴奏にはふさわしくない、寧（むし）ろ陰惨な、絃楽またはピアノのレコードが、地の底からのように響いています。目が闇になれるに従って、高い天井の広間の中（うち）を、暗いため一層数多く見える、沢山の人の頭が蠢いているのが、おぼろげに見えます。それが、広間のところどころに、巨人のように屹立（きつりつ）した、数本の太い円柱をめぐって、チラチラと入乱れている有様は、地獄の饗宴とでも形容したいような、世にも奇怪な感じのものでありました。

私は、この不思議な情景の中で、どことなく見覚えのある、しかしそれが誰であるかは、どうしても思出せない一人の婦人と、手を執(と)り合って踊っているのです。そして、それが夢でも幻でもないのです。私の心臓は、恐怖とも歓喜ともつかぬ一種異様の感じを以て烈(はげ)しく躍(おど)るのでありました。

私は相手の婦人に対して、どんな態度を示すべきかに迷いました。若しそれが売女のたぐいであるなれば、どのような不作法も許されるでありましょう。が、まさかそうした種類の婦人とも見えません。では、それを生業(なりわい)にしている踊女(おどりめ)のたぐいででもありましょうか。いやいや、そんなものにしては、彼女はあまりにしとやかで、且(か)つ舞踏の作法さえ不案内のように見えるではありませんか。それなら、彼女は堅気の娘或はどこかの細君ででもありましょうか。もしそうだとすると、井関さんの今度のやり方は、余りに御念の入った、寧ろ罪深い業(わざ)と云わねばなりません。

私はそんなことを忙(せわ)しく考えながら、兎も角も皆(みんな)と一緒に廻(まわ)り歩いておりました。すると、ハッと私を驚かせたことには、そうして歩いている間に、相手の婦人の一方の腕が、驚くべき大胆さを以て、スルスルと私の肩に延ばされたではありませんか。しかもそれは、決して媚(こび)を売る女のやり方ではなく、と云って、若い娘が恋人に対する感じでもなく、少しのぎこちなさも見せないでさもなれなれしく、当然のことのように行われたのであります。

間近(まぢか)く寄った彼女の覆面からは、軽くにおやかな呼吸(いき)が、私の顔をかすめます。滑かな彼女の絹服が、なよなよと、不思議な感触を以て、私の天鵞絨(びろうど)の服にふれ合います。このような彼女の態度は俄(にわか)に私を大胆にさせました。そして、私達は、まるで恋人同志のように、無言の舞踏を踊りつづけたことであります。

もう一つ私を驚かせたのは、闇をすかして外の踊手達を見ますと、彼等も亦(また)、私達と同じように、或は一層大胆に、決して初対面の男女とは思えないような踊り方をしていることでありました。一体まあ、これは何という気違い沙汰(ざた)でありましょう。そうしたことに慣れぬ私は身も知らぬ相手と、暗闇の中で踊り狂っている自分が、ふと空恐しくなるのでした。

やがて、丁度皆が踊り疲れた頃に、蓄音器の奏楽がハタと止って、先程のボーイの声が聞えました。

「皆様、次の部屋に、飲み物の用意が出来ましてございます。暫(しばら)くあちらで御休息くださいますようお願い致します」

声につれて境のドアが左右に開かれ、まぶしい光線がパッと私達の目をうちました。

踊手達は、司会者の万遺漏(ばんいろう)なき心くばりを感じながら、しかし無言のまま、一対ずつ手をとり合って、その部屋へ入るのでした。広間には比ぶべくもありませんが、でも相当広い部屋に、十七箇の小食卓が、純白のクロースに覆われて、配置よく並んでいました。ボーイの案内につれて、私と私の婦人とは、隅の方のテーブルにつきました。見ると、給仕人はなくて、各々(おのおの)のテーブルの上に、二つのグラスと二本の洋酒の瓶が置かれてあります。一本はボルドウの白葡萄酒(ぶどうしゅ)、他の一本は無論男のために用意せられたものですが、三鞭酒(シャンパン)などではなく、何とも知れぬ不思議な味の酒でした。

やがて奇怪な酒宴が開かれました。堅く言葉を発することを禁じられた私達は、まるで唖者のように黙々として、杯(さかずき)を満たしては飲み、満たしては飲みしました。婦人達も勇敢に葡萄酒のグラスをとるのでした。

それは可なり強烈な酒であったと見え、間もなく私は烈しい酔を覚えました。相手の婦人に、葡萄酒をついでやる私の手が、瘧（おこり）のように震えて、グラスの縁（ふち）がカチカチと鳴りました。私は思わず変なことを怒鳴りそうになっては、慌（あわ）てて口をつぐみました。私の前の覆面の女は、口までも覆った黒布を片手で少し持上げて、つつましく杯を重ねました。そして、彼女も酔ったのでしょう。覆面をはずれた美しい皮膚は、もう真赤になっておりました。

そうして、彼女を見ている内に、私はふと私のよく知っている、ある人を思い浮べました。彼女の頸から肩の線が、見れば見る程、その人に似ているのです。しかし、その私の知っている人が、まさかこんな場所へ来る筈はありません。最初から、何となく見たような感じたのは、恐らく私の気の迷いに過ぎなかったのでしょう。世の中には、顔でさえも瓜（うり）二つの人があるくらいです。姿勢が似ていたからとて、迂闊（うかつ）に判断を下すことはできません。

それは兎も角、無言の酒宴は、今や酣（たけなわ）と見えました。言葉を発するものこそありませんけれど、室内はグラスの触れ合う響（ひびき）、衣（きぬ）ずれの音、言葉を為（な）さぬ人声などで、異様にどよめいて来ました。誰も彼も、非常に酔っているように見えました。若しあの時、ボーイの口上が少しでもおくれたなら、誰かが叫び出したかも知れません。或は誰かが立上って踊り出したかも知れません。が、流石は井関さんの指図です。最も適当な時機にボーイが現れました。

「皆様、お酒が済みましたら、どうか踊り場の方へお引上げを願います。あちらではもう、音楽が始っております」

耳をすますと、隣の玄関からは、酔客達の心をそそるように、前とはガラリと変った快活な、寧ろ騒々しい管絃楽が響いて来ました。人々は、その音楽に誘われるようにゾロゾロと広間に帰りました。そして、以前に数倍した物狂わしき舞踏が始まるのでした。

あの夜の光景を、何と形容したらいいでしょう。耳も聾（ろう）せんばかりの騒音、闇の中に火花が散るかと見える無数の乱舞、そして意味のない怒号、私の筆では到底、ここにその光景を描き出すことはできません。のみならず、私自身も、四肢の運動につれて発した、極度の酔に正気を失って、人々が、また私自身が、どのような狂態を演じたかを、殆ど記憶しないのであります。

四

焼けるような喉の乾きを覚えて、ふと目を覚すと、私は、私の寝ていた部屋が、いつもの自分の寝室でないことに気づきました。さては、昨夜（ゆうべ）踊り倒れて、こんな家（うち）へ担ぎ込まれたのかな。それにしても、この家は一体全体どこだろう。見ると、枕許（まくらもと）の手の届く所へ、呼鈴（ベル）の紐が延びています。私は兎も角、人を呼んで聞いて見ようと思い、その方へ手を伸しかけて、ふと気がつくと、そこの煙草盆（たばこぼん）の側（わき）に、一束の半紙が置かれ、その一番上の紙に何か鉛筆の走り書きがしてあるのです。好奇心のまま読みにくい仮名（かな）文字を、何気なく拾って見ますと、それは次のように認（したた）めてありました。

「あなたは随分ひどい方です。お酒の上とは云えあんな乱暴な人とは知りませんでした。しかし今更（いまさら）云っても仕様（しよう）がありません。私はあれは夢であったと思って忘れます。あなたも忘れて下さい。そして、このことは井上には絶対に秘密を守って下さい。お互のためです。私はもう帰ります。春子（はるこ）」

それを読んで行くうちに、寐（ね）ぼけていた頭が、一度にハッキリして、私は何もかも悟ることができました。「あれは、私の相手を勤めた婦人は、井上次郎の細君だったのか」そして、云い難き悔恨（かいこん）の情（じょう）が、私の心臓をうつろにするかと怪（あやし）まれました。

泥酔していたとはいえ、夢のように覚えています。昨夜、闇の乱舞が絶頂に達した頃、例のボーイが、そっと私達の側へ来て囁（ささや）きました。

「お車の用意が出来ましてございます。御案内致しましょう」

私は婦人の手を携（たずさ）えて、ボーイのあとにつづきました。（どうして、あの時、彼女はあんなに従順に、私に手を引かれていたのでしょう。彼女もまた酔っていたのでしょうか）玄関には一台の自動車が横づけになっていました。私達がそれに乗ってしまうと、ボーイは運転手の耳に口をつけて、「十一号だよ」と囁きました。それが私達の組合せの番号だったのです。

そして、多分ここの家へ運ばれたのです。その後（ご）のことは一層ぼんやりして、よくは分りませんけれど、部屋へ入るなり、私は自分の覆面をとったようです。すると、相手の婦人は「アッ」と叫んで、いきなり逃げ出そうとしました。それを夢のように思出すことができます。でもまだ、酔いしれた私は、相手が何者であるかを推察することができなかったのです。凡（すべ）て泥酔のさせた業です。そして、今この置手紙を見るまで、私は彼女が友人の細君であったことさえ知らなかったのです。私は何という馬鹿者でありましょう。

私は夜の明けるのを恐れました。もはや世間に顔の出せない気がします。私はこの次、どういう態度で井上次郎に逢えばいいのでしょう。また当の春子さんに逢えばいいのでしょう。私は青くなってとつおいつ、返らぬ悔恨に耽（ふけ）りました。そういえば、私は最初から相手の婦人にある疑いを持っていたのです。覆面と変装とに被われていたとはいえ、あの姿形は、どうしても春子さんに相違なかったのです。私はなぜもっと疑って見なかったのでしょう。相手の顔を見分けられぬ程も泥酔する前に、なぜ彼女の正体を悟り得なかったのでしょう。

それにしても、井関さんの今度のいたずらは、彼が井上と私との親密な関係を、よく知らなかったとはいえ、殆ど常軌を逸していると云わねばなりません。たとい私の相手が他の婦人であったにしても、許すべからざる計画です。彼はまあ、どういう気で、こんなひどい悪企みを目論んだのでありましょう。それにまた、春子さんも春子さんです。井上という夫のある身が、知らぬ男と暗闇で踊るさえあるに、このような場所へ運ばれるまで黙っているとは、私は彼女がそれほど不倫な女だとは、今の今まで知りませんでした。だが、それは皆私の得手勝手というものでしょう。私さえあのように泥酔しなかったら、こんな、世間に顔向けもできないような、不愉快な結果を招かずとも済んだのですから。

その時の、なんとも云えぬ不愉快な感じは、いくら書いても足りません。兎も角、私は夜の明けるのを待ち兼ねて、その家を出ました。そして、まるで罪人でもあるように、白粉こそ落しましたけれど、殆ど昨夜のままの姿を車の幌に深く隠して家路についたことであります。

五

家に帰っても、私の悔恨は、深まりこそすれ、決して薄らぐ筈はありません。そこへ持ってきて、私の女房は、彼女にして見れば無理もないことでしょうが、病気と称して一間にとじ籠ったきり、顔も見せないのです。私は女中の給仕でまずい食事をしながら、悔恨の情を更に倍加したことであります。

私は、会社へは電話で断っておいて、机の前に坐ったまま、長い間ぼんやりしていました。眠くはあるのですが、とても寐る気にはなれません。そうかといって、本を読むことも、その外の仕事をすることも、無論駄目です。ただぼんやりと、取返しのつかぬ失策を、思いわずらっているのでした。

そうして、思いに耽っている内に、私の頭にふと一つの懸念が浮んで来ました。

「だが待てよ」私は考えるのでした。「一体全体こんな馬鹿馬鹿しいことがあり得るものだろうか。あの井関さんが昨夜のような不倫な計画を立てるというのも変だし、それにいくら泥酔していたとはいえ、朝になるまで相手の婦人を知らないでいるなんて、少しおかしくはないか。そこには、私をして強いてそう信じさせるような、技巧が弄せられてはいなかったか。第一、井上の春子さんが、あのおとなしい細君が、舞踏会に出席するというのも信じ難いことだ。ああそうだ。問題はあの婦人の姿なんだ。殊に頸から肩にかけての線なんだ。あれが井関さんの巧妙なトリックではなかったのか、遊里の巷から、覆面をさせれば春子さんと見擬うような女を、探し出すのは、さほど困難ではないだろう。俺はそうした影武者のために、まんまと一杯食わされたのではないか。そして、この手にかかったのは、俺だけではないかも知れない。人の悪い井関さんは、意味ありげな暗闇の舞踏会で、会員の一人一人を俺と同じような目に会せ、あとで大笑いをする積りだったのではないか。そうだ、もうそれに極った」

考えれば考える程、凡ての事情が私の推察を裏書きしていました。私はもうくよくよすることを止め、先程とは打って変って、ニヤニヤと気味の悪い独り笑いを、洩しさえするのでした。

私はもう一度外出の支度をととのえました。井関さんの所へ押しかけようというのです。私は彼に、私がどんなに平気でいるかということを見せつけて、昨夕(ゆうべ)の仕返しをしなければなりません。

「オイ、タクシイを呼ぶんだ」

私は大声に、女中に命じました。

私の家から井関さんの住居(すまい)までは、さして遠い道のりではありません、やがて車は彼の玄関に着きました。ひょっと店の方へ出ていはしないかと案じましたが、幸い在宅だというので、私はすぐさま彼の客間に通されました。見ると、これはどうしたというのでしょう。そこには、井関さんの外に二十日会の会員が、三人も顔を揃えて談笑していたではありませんか。では、もう種明しが済んだのかしら、それとも、この連中だけは、私のような目にも会わなかったのかしら。私は不審に思いながら、しかしさも愉快そうな表情を忘れないで、設けられた席につきました。

「ヤア、昨夜(ゆうべ)はお楽(たのし)み」

会員の一人が、からかうように声をかけました。

「ナアニ、僕なんざ駄目ですよ。君こそお楽みでしたろう」

私は、顎を撫(な)でながら、さも平然と答えました。「どうだ驚いたか」という腹です。ところが、それには一向(いっこう)反響がなくて、相手から返って来た言葉は、実に奇妙なものでありました。

「だって、君の所のは、我々の内で一番新しいんじゃありませんか。お楽みでない筈はないや。ねえ、井関さん」

すると、井関さんは、それに答える代りに、アハアハと笑っているのです。どうも様子が変なのです。しかし、私は、ここで弱味を見せてはならぬと、さらに一層平気な表情を作るのに骨折りました。が、彼等は私の表情などには、一向お構いなく、ガヤガヤと話を続けるのです。

「だが、昨夜の趣向は確に秀逸だったね。まさか、あの覆面の女が、てんでんの女房たあ気がつかないやね」

「あけてくやしき玉手箱か」

そして、彼等は声を揃えて笑うのです。

「無論、最初札を渡す時に夫妻同一番号にして置いたんだろうが、それにしても、あれだけの人数がよく間違わなかったね」

「間違ったら大変ですよ。だから、その点は十分気をつけてやりました」井関さんが答えるのです。

「井関さんから予め旨を含めてあったとはいえ、女房連、よくやって来たね。あれが自分の亭主だからいいようなものの、味を占めて外の男にあの調子でやられちゃ、たまらないね」

「危険を感じます、かね」

そして、またもや笑声が起りました。

それらの会話を聞く内に、私は最早やじっと坐っているに耐えなくなりました。多分私の顔はまっ青であったことでしょう。これですっかり事情が分りました。井関さんは、あんなに自信のあるようなことを云っていますが、どうかした都合で、私だけ相手が間違ったのです。自分の女房の代りに春子さんと組合ったのです。私は運悪くも、偶然、恐しい間違いに陥されてしまったのです。

「だが」私はふと、もう一つの恐しい事実に気づきました。冷いものが、私の脇の下をタラタラと流れました。「それでは、井上次郎は一体誰と組んだのであろう?」

云うまでもないことです。私が彼の妻と踊ったように、彼は私の妻と踊ったのです。オオ、私の女房が、あの井上次郎と？　私は眩暈（めまい）のために倒れそうになるのをやっとこらえました。

それにしても、それはまた、何という恐しい錯誤でありましょう。挨拶（あいさつ）もそこそこに、井関さんの家を逃れ出した私は、車の中で、ガンガンいう耳を押えながら、どこかにまだ、一縷（いちる）の望みがあるような気がして、いろいろと考え廻すのでありました。

そして、車が家へつく頃、やっと気がついたのは、例の番号札のことでした。私は車を降りると家の中へ駈け込み、書斎にあった、変装用の服のポケットから、その番号札を探し出しました。見ると、そこには横文字で、十七と記（しる）されています。ところで、昨夜の私達の番号は、私ははっきり覚えていました。それは十一なのです。分りました。それは井関さんの罪でも、誰の罪でもないのです。私自身の取返しのつかぬ失策なのです。私は井関さんから前以てその札を渡された時、間違わぬようにと、くれぐれも注意があったにも拘らず、よくも見て置かないで、あの会場の激情的な空気の中で、そぞろ心に見たのです。そして1と7とを間違えて、十一番と呼ばれた時に返事をしたのです。でも、ただ番号の間違いくらいから、こんな大事を惹起（ひきおこ）そうとは、誰が想像しましょう。私は、二十日会などという気まぐれなクラブに加入したことを、今更ら後悔しないではいられませんでした。

それにしても、井上までがその番号を間違えたというのは、どこまでいたずらな運命でしょう。恐らく彼は、私が十一番の時に答えたため、自分の札を十七番と誤信してしまったのでしょう。それに井関さんの数字は、7を1と間違い易いような書体だったのです。

井上次郎と私の妻とのことは、私自身の場合に引比べて、推察に難（かた）くありません。私の変装については、妻は少しも知らないのですし、彼等も亦、私同様、狂者のように酔っぱらっていたのですから。そして、何よりの証拠は、一間にとじ籠って、私に顔を見せようともせぬ、妻のそぶりです。もう疑う所はありません。

私はじっと書斎に立ちつくしていました。私には最早ものを考える力もありませんでした。ただ、焼きつくように私の頭を襲うものは、恐らく一生涯消え去る時のない、私の妻に対する、井上次郎に対する、その妻、春子に対する、唾棄(だき)すべき感情のみでありました。

お勢登場

一

肺病やみの格太郎は、今日も又細君においてけぼりを食って、ぼんやりと留守を守っていなければならなかった。最初の程は、如何なお人好しの彼も、激憤を感じ、それを種に離別を目論んだことさえあったのだけれど、病という弱味が段々彼をあきらめっぽくして了った。先の短い自分の事、可愛い子供のことなど考えると、乱暴な真似はできなかった。その点では、第三者である丈け、弟の格二郎などの方がテキパキした考を持っていた。彼は兄の弱気を歯痒がって、時々意見めいた口を利くこともあった。

「なぜ兄さんは左様なんだろう。僕だったらとっくに離縁にしてるんだがな。あんな人に憐みをかける所があるんだろうか」

だが、格太郎にとっては、単に憐みという様なことばかりではなかった。成程、今おせいを離別すれば、文なしの書生っぽに相違ない彼女の相手と共に、たちまち其日にも困る身の上になることは知れていたけれど、その憐みもさることながら、彼にはもっと外の理由があったのだ。子供の行末も無論案じられたし、それに、恥しくて弟などには打開けられもしないけれど、彼には、そんなにされても、まだおせいをあきらめ兼る所があった。それ故、彼女が彼から離れ切って了うのを恐れて、彼女の不倫を責めることさえ遠慮している程なのであった。

おせいの方では、この格太郎の心持を、知り過ぎる程知っていた。大げさに云えば、そこには暗黙の妥協に似たものが成り立っていた。彼女は隠し男との遊戯の暇には、その余力を以て格太郎を愛撫することを忘れないのだった。格太郎にして見れば、この彼女の僅ばかりのおなさけに、不甲斐なくも満足している外はない心持だった。

「でも、子供のことを考えるとね。そう一概なことも出来ないよ。この先一年もつか二年もつか知れないが、俺の寿命は極っているのだし、そこへ持って来て母親までなくしては、あんまり子供が可哀相だからね。まあもうちっと我慢して見るつもりだ。なあに、その内にはおせいだって、きっと考え直す時が来るだろうよ」

格太郎はそう答えて、一層弟を歯痒がらせるのを常とした。

だが、格太郎の仏心に引かえて、おせいは考え直すどころか、一日一日と、不倫の恋に溺れて行った。それには、窮迫して、長病いで寝た切りの、彼女の父親がだしに使われた。彼女は父親を見舞いに行くのだと称しては、三日にあげず家を外にした。果して彼女が里へ帰っているかどうかを検べるのは、無論訳のないことだったけれど、格太郎はそれすらしなかった。妙な心持である。彼は自分自身に対してさえ、おせいを庇う様な態度を取った。

今日もおせいは、朝から念入りの身じまいをして、いそいそと出掛けて行った。

「里へ帰るのに、お化粧はいらないじゃないか」

そんないやみが、口まで出かかるのを、格太郎はじっと堪えていた。此頃では、そうして云い度いことも云わないでいる、自分自身のいじらしさに、一種の快感をさえ覚える様になっていた。

細君が出て行って了うと、彼は所在なさに趣味を持ち出した盆栽いじりを始めるのだった。跣足で庭へ下りて、土にまみれていると、それでもいくらか心持が楽になった。又一つには、そうして趣味に夢中になっている様を装うことが、他人に対しても自分に対しても、必要なのであった。

おひる時分になると、女中が御飯を知らせに来た。

「あのおひるの用意が出来ましたのですが、もうちっと後になさいますか」

女中さえ、遠慮勝ちにいたいたし相な目で自分を見るのが、格太郎はつらかった。

「ああ、もうそんな時分かい。じゃおひるとしようか。坊やを呼んで来るといい」

彼は虚勢を張って、快活らしく答えるのであった。此頃では、何につけても虚勢が彼の習慣になっていた。

そういう日に限って、女中達の心づくしか、食膳にはいつもより御馳走が並ぶのであった。でも格太郎はこの一月ばかりというもの、おいしい御飯をたべたことがなかった。子供の正一も家の冷い空気に当ると、外の餓鬼大将が俄にしおしおして了うのだった。

「ママどこへ行ったの」

彼はある答えを予期しながら、でも聞いて見ないでは安心しないのである。

「おじいちゃまの所へいらっしゃいましたの」

女中が答えると、彼は七歳の子供に似合わぬ冷笑の様なものを浮べて、「フン」と云ったきり、御飯をかき込むのであった。子供ながら、それ以上質問を続けることは、父親に遠慮するらしく見えた。それと彼には又彼丈けの虚勢があるのだ。

「パパ、お友達を呼んで来てもいい」

御飯がすんで了うと、正一は甘える様に父親の顔を覗き込んだ。格太郎は、それがいたいけな子供の精一杯の追従の様な気がして、涙ぐましいいじらしさと、同時に自分自身に対する不快とを感じないではいられなかった。でも、彼の口をついて出た返事は、いつもの虚勢以外のものではないのだった。

「アア、呼んで来てもいいがね。おとなしく遊ぶんだよ」

父親の許しを受けると、これも又子供の虚勢かも知れないのだが、正一は「嬉しい嬉しい」と叫びながら、さも快活に表の方へ飛び出して行って、間もなく三四人の遊び仲間を引っぱって来た。そして、格太郎がお膳の前で楊枝を使っている処へ、子供部屋の方から、もうドタンバタンという物音が聞え始めた。

二

子供達は、いつまでも子供部屋の中にじっとしていなかった。鬼ごっこか何かを始めたと見えて部屋から部屋へ走り廻る物音や、女中がそれを制する声などが、格太郎の部屋まで聞えて来た。中には戸惑いをして、彼のうしろの襖を開ける子供さえあった。

「アッ、おじさんがいらあ」

彼等は格太郎の顔を見ると、きまり悪相にそんなことを叫んで、向うへ逃げて行った。しまいには正一までが彼の部屋へ闖入した。そして、「ここへ隠れるんだ」などと云いながら、父親の机の下へ身をひそめたりした。

それらの光景を見ていると、格太郎はたのもしい感じで、心が一杯になった。そして、ふと、今日は植木いじりをよして、子供らの仲間入りをして遊んで見ようかという気になった。

「坊や、そんなにあばれるのはよしにして、パパが面白いお噺（はなし）をして上げるから、皆（みんな）を呼んどいで」

「やあ、嬉しい」

それを聞くと、正一はいきなり机の下から飛び出して、駈けて行った。

「パパは、とてもお噺が上手なんだよ」

やがて正一は、そんなこまっちゃくれた紹介をしながら、同勢（どうぜい）を引（ひき）つれた恰好（かっこう）で、格太郎の部屋へ入って来た。

「サア、お噺しとくれ。恐（こわ）いお噺がいいんだよ」

子供達は、目白押しにそこへ坐って、好奇の目を輝かしながら、あるものは恥しそうに、おずおずして、格太郎の顔を眺めるのであった。彼等は格太郎の病気のことなど知らなかったし、知っていても子供のことだから、大人の訪問客の様に、いやに用心深い態度など見せなかった。格太郎にはそれも嬉しいのである。

彼はそこで、此頃になく元気づいて、子供達の喜び相なお噺を思い出しながら、「昔ある国によくの深い王様があったのだよ」と始めるのであった。一つのお噺を終っても、子供達は「もっともっと」といって諾（き）かなかった。彼は望まれるままに、二つ三つとお噺の数を重ねて行った。そうして子供達と一緒にお伽（とぎ）噺の世界をさまよっている内に、彼は益々（ますます）上機嫌になって来るのだった。

「じゃ、お噺はよして、今度は隠れん坊をして遊ぼうか。おじさんも入るのだよ」

しまいに、彼はそんなことを云い出した。

「ウン、隠れん坊がいいや」

子供達は我意を得たと云わぬばかりに、立処に賛成した。

「じゃね、ここの家中で隠れるのだよ。いいかい。さあ、ジャンケン」

ジャンケンポンと、彼は子供の様にはしゃぎ始めるのだった。それは病気のさせる業であったかも知れない。それとも又、細君の不行跡に対する、それとなき虚勢であったかも知れない。いずれにしろ、彼の挙動に、一種の自棄気味の混っていることは事実だった。

最初二三度は、彼は態と鬼になって、子供達の無邪気な隠れ場所を探し廻った。それにあきると隠れる側になって、子供達と一緒に押入れの中だとか、机の下だとかへ、大きな身体を隠そうと骨を折った。

「もういいか」「まあだだよ」という掛声が、家中に狂気めいて響き渡った。

格太郎はたった一人で、彼の部屋の暗い押入れの中に隠れていた。鬼になった子供が「何々ちゃんめっけた」と呼びながら部屋から部屋を廻っているのが幽に聞えた。中には「ワーッ」と怒鳴って隠れ場所から飛び出す子供などもあった。やがて、銘々発見されて、あとは彼一人になったらしく、子供達は一緒になって、部屋部屋を探し歩いている気勢がした。

「おじさんどこへ隠れたんだろう」

「おじさあん、もう出ておいでよ」

などと口々に喋るのが聞えて、彼等は段々押入れの前へ近づいて来た。

「ウフフ、パパはきっと押入れの中にいるよ」

正一の声で、すぐ戸の前で囁くのが聞えた。格太郎は見つかり相になると、もう少しじらしてやれという気で、押入れの中にあった古い長持の蓋をそっと開いて、その中へ忍び、元の通り蓋をして、息をこらした。中にはフワフワした夜具かなんかが入っていて、丁度寝台にでも寝た様で、居心地が悪くなかった。

彼が長持の蓋を閉めるのと引違いに、ガラッと重い板戸が開く音がして、

「おじさん、めっけた」

という叫び声が聞えた。

「アラッ、いないよ」

「だって、さっき音がしていたよ、ねえ何々ちゃん」

「あれは、きっと鼠だよ」

子供達はひそひそ声で無邪気な問答をくり返していたが、（それが密閉された長持の中では、非常に遠くからの様に聞えた）いつまでたっても、薄暗い押入れの中は、ヒッソリして人の気勢もないので、

「おばけだあ」

と誰かが叫ぶと、ワーッと云って逃げ出して了った。そして、遠くの部屋で、

「おじさあん、出ておいでよう」

と口々に呼ぶ声が幽に聞えた。まだその辺の押入れなどを開けて、探している様子だった。

三

まっ暗な、樟脳臭い長持の中は、妙に居心地がよかった。格太郎は少年時代の懐しい思出に、ふと涙ぐましくなっていた。この古い長持は、死んだ母親の嫁入り道具の一つだった。彼はそれを舟になぞらえて、よく中へ入って遊んだことを覚えていた。そうしていると、やさしかった母親の顔が、闇の中へ幻の様に浮んで来る気さえした。

だが、気がついて見ると、子供達の方は、探しあぐんでか、ヒッソリして了った様子だった。暫く耳をすましていると、

「つまんないなあ、表へ行って遊ばない」

どこの子供だか、興ざめ顔に、そんなことを云うのが、ごく幽に聞えて来た。

「パパちゃあん」

正一の声であった。それを最後に彼も表へ出て行く気勢だった。

格太郎は、それを聞くと、やっと長持を出る気になった。飛び出して行って、じれ切った子供達を、ウンと驚かせてやろうと思った。そこで勢込んで長持の蓋を持上げようとすると、どうしたことか、蓋は密閉されたままビクとも動かないのだった。でも、最初は別段何でもない事のつもりで、何度もそれを押し試みていたが、その内に恐しい事実が分って来た。彼は偶然長持の中へとじ込められて了ったのだった。

長持の蓋には穴の開いた蝶交の金具がついていて、それが下の突出した金具にはまる仕掛けなのだが、

さっき蓋をしめた時、上に上げてあったその金具が、偶然おちて、錠前を卸したのと同じ形になってしまったのだ。昔物の長持は堅い板の隅々に鉄板をうちつけた、いやという程巌乗な代物だし、金具も同様に堅牢に出来ているのだから、病身の格太郎には、迚も打破ることなど出来相もなかった。

　彼は大声を上げて正一の名を呼びながら、ガタガタと蓋の裏を叩いて見た。だが、子供達は、あきらめて表へ遊びに出て了ったのか、何の答えもない。そこで、彼は今度は女中達の名前を連呼して、出来る丈けの力をふりしぼって、長持の中であばれて見た。ところが、運の悪い時には仕方のないもので、女中共は又井戸端で油を売っているのか、それとも女中部屋にいても聞えぬのか、これも返事がないのだ。

　その押入れのある彼の部屋というのが、最も奥まった位置な上に、ギッシリ密閉された箱の中で叫ぶのでは、二間三間向うまで、声が通るかどうかも疑問だった。それに、女中部屋となると、一番遠い台所の側にあるのだから、殊更ら耳でもすましていない限り、先ず聞え相もないのだ。

　格太郎は、段々上ずった声を出しながら、このまま誰も来ないで、長持の中で死んで了うのではないかと考えた。馬鹿馬鹿しいそんなことがあるものかと、一方では寧ふき出し度い程滑稽な感じもするのだけれど、それがあながち滑稽でない様にも思われる。気がつくと、空気に敏感な病気の彼には、何んだかそれが乏しくなった様で、もがいた為ばかりでなく、一種の息苦しさが感じられる。昔出来の丹念な拵えなので、密閉された長持には、恐らく息の通う隙間もないのに相違なかった。

　彼はそれを思うと、さい前から過激な運動に、尽きて了ったかと見える力を更らにふりしぼって、叩いたり蹴ったり、死にもの狂いにあばれて見た。彼が若し健全な身体の持主だったら、それ程もがけば、長持のどこかへ、一ケ所位の隙間を作るのは、訳のないことであったかも知れぬけれど、弱り切った心臓と、痩(や)せ細った手足では、到底その様な力をふるうことは出来ない上に、空気の欠乏による、息苦しさは、刻々と迫って来る。疲労と、恐怖の為に、喉(のど)は呼吸をするのも痛い程、カサカサに乾いて来る。彼のその時の気持を、何と形容すればよいのであろうか。

若しこれが、もう少しどうかした場所へとじ込められたのなら、病の為に遅かれ早かれ死なねばならぬ身の格太郎は、きっとあきらめて了ったに相違ない。だが、自家の押入れの長持の中で、窒息(ちっそく)するなどとは、どう考えて見ても、あり相もない、滑稽至極(しごく)なことなので、もろくも、その様な喜劇じみた死に方をするのはいやだった。こうしている内にも、女中がこちらへやって来ないものでもない。そうすれば彼は夢の様に助かることが出来るのだ。この苦しみを一場(いちじょう)の笑い話として済(すま)して了うことが出来るのだ。助かる可能性が多い丈けに、彼はあきらめ兼ねた。そして、怖さ苦しさも、それに伴って大きかった。

彼はもがきながら、かすれた声で罪もない女中共を呪(のろ)った。息子の正一をさえ呪った。距離にすれば恐らく二十間とは隔(へだ)っていない彼等の悪意なき無関心が、悪意なきが故に猶更(なおさら)うらめしく思われた。

闇の中で、息苦しさは刻一刻と募(つの)って行った。最早(もはや)声も出なかった。引く息ばかりが妙な音を立てて、陸(おか)に上(あが)った魚(さかな)の様に続いた。口が大きく大きく開(あ)いて行った。そして骸骨(がいこつ)の様な上下の白歯(しらは)が歯ぐきの根まで現れて来た。そんなことをした所で、何の甲斐もないと知りつつ、両手の爪は、夢中に蓋の裏を、ガリガリと引掻(ひっか)いた。爪のはがれることなど、彼はもう意識さえしていなかった。断末魔の苦しみであった。併し、その際(きわ)になっても、まだ救いの来ることを一縷(いちる)の望みに、死をあきらめ兼ねていた彼の身の上は、云おう様もない残酷なものであった。それは、どの様な業病に死んだ者も、或は死刑囚さえもが、味ったことのない大苦痛と云わねばならなかった。

四

不倫の妻おせいが、恋人との逢瀬から帰って来たのは、その日の午後三時頃、丁度格太郎が長持の中で、執念深くも最後の望みを捨て兼ねて、最早や虫の息で、断末魔の苦しみをもがいている時だった。

家を出る時は、殆ど夢中で、夫の心持など顧る暇もないのだけれど、彼女とても帰った時には流石にやましい気がしないではなかった。いつになく開け放された玄関などの様子を見ると、日頃ビクビクもので気づかっていた破綻が、今日こそ来たのではないかと、もう心臓が躍り出すのだった。

「只今」

女中の答えを予期しながら、呼んで見たけれど、誰も出迎えなかった。開け放された部屋部屋には人の影もなかった。第一、あの出不精な夫の姿の見えないのがいぶかしかった。

「誰もいないのかい」

茶の間へ来ると、甲高い声でもう一度呼んで見た。すると、女中部屋の方から、

「ハイ、ハイ」

と頓狂な返事がして、うたた寝でもしていたのか、一人の女中が脹れぼったい顔をして出て来た。

「お前一人なの」

おせいは癖の癇が起ってくるのを、じっと堪えながら聞いた。

「あの、お竹どんは裏で洗濯をしているのでございます」

「で、檀那様は」

「お部屋でございましょう」

「だっていらっしゃらないじゃないか」

「あら、そうでございますか」

「なんだね。お前きっと昼寝をしてたんでしょう。困るじゃないか。そして坊やは」

「さあ、さい前まで、お家で遊んでいらしったのですが、あの、檀那様も御一緒で隠れん坊をなすっていたのでございますよ」

「まあ、檀那様が、しようがないわね」それを聞くと彼女はやっと日頃の彼女を取返しながら「じゃ、きっと檀那様も表なんだよ。お前探しといで、いらっしゃればそれでいいんだから、お呼びしないでもいいからね」

とげとげしく命令を下して置いて、彼女は自分の居間へ入ると、一寸鏡の前に立って見てから、さて、着換えを始めるのであった。

そして、今帯を解きにかかろうとした時であった。ふと耳をすますと、隣の夫の部屋から、ガリガリという妙な物音が聞えて来た。虫が知らせるのか、それがどうも鼠などの音ではない様に思われた。それに、よく聞くと、何だかかすれた人の声さえする様な気がした。

彼女は帯を解くのをやめて、気味の悪いのを辛抱しながら、間の襖を開けて見た。すると、さっきは気づかなかった、押入れの板戸の開いていることが分った。物音はどうやらその中から聞えて来るらしく思われるのだ。

「助けて呉れ、俺だ」

幽な幽な、あるかなきかのふくみ声ではあったが、それが異様にハッキリとおせいの耳を打った。まぎれもない夫の声なのだ。

「まあ、あなた、そんな長持の中なんかに、一体どうなすったんですの」

彼女も流石に驚いて長持の側へ走り寄った。そして、掛け金をはずしながら、

「ああ、隠れん坊をなすっていたのですね。ほんとうに、つまらないいたずらをなさるものだから……でも、どうしてこれがかかって了ったのでしょうか」

若しおせいが生れつきの悪女であるとしたなら、その本質は、人妻の身で隠し男を拵えることなどよりも、恐らくこうした、悪事を思い立つことのす早やさという様な所にあったのではあるまいか、彼女は掛け金をはずして、一寸蓋を持ち上げようとした丈けで、何を思ったのか、又元々通りグッと押えつけて、再び掛け金をかけて了った。その時、中から格太郎が、多分それが精一杯であったのだろう、併しおせいの感じでは、ごく弱々しい力で、持ち上げる手ごたえがあった。それを押しつぶす様に、彼女は蓋を閉じて了ったのだ。後に至って、無慙な夫殺しのことを思い出す度毎に、最もおせいを悩ましたのは、外の何事よりも、この長持を閉じた時の、夫の弱々しい手ごたえの記憶だった。彼女にとっては、それが血みどろでもがき廻る断末魔の光景などよりは、幾層倍も恐しいものに思われたことである。

それは兎も角、長持を元々通りにすると、ピッシャリと板戸を閉めて、彼女は大急ぎで自分の部屋に

帰った。そして、流石に着換えをする程の大胆さはなく、真青になって、箪笥の前に坐ると、隣の部屋からの物音を消す為でもある様に、用もない箪笥の抽出を、開けたり閉めたりするのだった。

「こんなことをして、果して自分の身が安全かしら」

それが物狂わしいまで気に懸った。でも、その際ゆっくり考えて見る余裕などあろう筈もなく、ある場合には、物を思うことすら、どんなに不可能だかということを痛感しながら、立ったり坐ったりするばかりであった。とは云うものの、後になって考えた所によっても、彼女のその咄嗟の場合の考えには、少しの粗漏もあった訳ではなかった。掛け金は独手にしまることは分っているのだし、格太郎が子供達と隠れん坊をしていて、誤って長持の中へとじ込められたであろうことも、子供達や女中共が十分証言して呉れるに相違はなく、長持の中の物音や叫声が聞えなかったという点も、広い建物のことで気づかなかったといえばそれまでなのだ。現に女中共でさえ何も知らずにいた程ではないか。

そんな風に深く考えた訳ではなかったけれど、おせいの悪に鋭い直覚が、理由を考えるまでもなく、「大丈夫だ大丈夫だ」と囁いて呉れるのだった。

子供を探しにやった女中はまだ戻らなかった。裏で洗濯をしている女中も、家の中へ入って来た気勢はない。早く、今の内に、夫のうなり声や物音が止まってくれればいい、そればかりが彼女の頭一杯の願いだった。だが、押入れの中の、執念深い物音は、殆ど聞取れぬ程に衰えてはいたけれど、まるで意地の悪いゼンマイ仕掛けの様に、絶え相になっては続いた。気のせいではないかと思って、押入れの板戸に耳をつけて（それを開くことはどうしても出来なかった）聞いて見ても、やっぱり物凄い摩擦音は止んではいなかった。それればかりか、恐らく乾き切ってコチコチになっているであろう舌で、殆ど意味をなさぬ世迷言をつぶやく気勢さえ感じられた。それがおせいに対する恐しい呪いの言葉であることは、疑うまでもなかった。彼女は余りの恐しさに、危く決心を翻して長持を開こうかとまで思ったが、併し、そんなことをすれば、一層彼女の立場が取返しのつかぬものになることは分り切っていた。一たん殺意を悟られて了った今更、どうして彼を助けることが出来よう。

　それにしても、長持の中の格太郎の心持はどの様であったろう。加害者の彼女すら、決心を翻そうかと迷った程である。併し彼女の想像などは、当人の世にも稀なる大苦悶に比して、千分一、万分一にも足らぬものであったに相違ない。一たんあきらめかけた所へ、思いがけぬ、仮令姦婦であるとはいえ、自分の女房が現れて、掛け金をはずしさえしたのである。その時の格太郎の大歓喜は、何に比べるものもなかったであろう。日頃恨んでいたおせいが、この上二重三重の不倫を犯したとしても、まだおつりが来る程有難く、かたじけなく思われたに相違ない。いかに病弱の身とはいえ、死の間際を味った者にとって、命はそれ程惜しいのだ。だが、その束の間の歓喜から、彼は更に、絶望などという言葉では云い尽せぬ程の、無限地獄へつきおとされて了ったのである。若し救いの手が来ないで、あのまま死んで了ったとしても、その苦痛は決してこの世のものではなかったのに、更に更に、幾層倍、幾十層倍の、云うばかりなき大苦悶は、姦婦の手によって彼の上に加えられたのである。

　おせいは、それ程の苦悶を想像しよう筈はなかったけれど、彼女の考え得た範囲丈でも、夫の悶死を憐み、彼女の残虐を悔いない訳には行かなかった。でも、悪女の運命的な不倫の心持は、悪女自身にもどうしようもなかった。彼女は、いつのまにか静まり返って了った押入れの前に立って、犠牲者の死を弔う代りに、懐しい恋人のおもかげを描いているのだった。一生遊んで暮せる以上の夫の遺産、恋人との誰はばからぬ楽しい生活、それを想像する丈で、死者に対するさばかりの憐(あわれ)みの情を忘れるのには十分なのだ。

彼女は、かくて取返した、常人には想像することも出来ぬ平静を以て、次(つぎ)の間(ま)に退くと、脣(くちびる)の隅に、冷い苦笑をさえ浮べて、さて、帯を解きはじめるのであった。

五

その夜八時頃になると、おせいによって巧みにも仕組まれた、死体発覚の場面が演じられ、北村(きたむら)家は上を下への大騒ぎとなった。親戚(しんせき)、出入の者、医師、警察官、急を聞いてはせつけたそれらの人々で、広い座敷が一杯になった。検死の形式を略する訳には行かず、態と長持の中にそのままにしてあった、格太郎の死体のまわりには、やがて係官達が立並んだ。真底から歎(なげ)き悲しんでいる弟の格二郎、偽りの涙に顔を汚(よご)したおせい、係官に混ってその席に列(つらな)ったこの二人が、局外者からは、少しの甲乙もなく、どの様に愁傷らしく見えたことであろう。

長持は座敷の真中に持ち出され、一警官の手によって、無造作(むぞうさ)に蓋が開かれた。五十燭光(しょっこう)の電燈が、醜く歪んだ、格太郎の苦悶の姿を照し出した。日頃綺麗(きれい)になでつけた頭髪が、逆立つばかりに乱れた様(さま)、断末魔そのものの如き手足のひっつり、飛び出した眼球、これ以上に開(あ)き様のない程開いた口、若しおせいの身内に、悪魔そのものがひそんででもいない限り、一目この姿を見たならば、立所(たちどころ)に悔悟(かいご)自白すべき筈である。それにも拘らず、彼女は流石にそれを正視することは出来ない様子であったが、何の自白をもしなかったばかりか、白々しい嘘八百を、涙にぬれて申立てるのだ。彼女自身でさえ、どうしてこうも落ちつくことが出来たのか、仮令人一人殺した上の糞度胸とはいえ、不思議に思う程であった。数時間前、不義の外出から帰って、玄関にさしかかった時、あの様に胸騒がせた彼女とは（その時も已に十分悪女であったに相違ないのだが）我ながら別人の観があった。これを見ると、彼女の身内には、生れながらに、世に恐るべき悪魔が巣喰っていて、今その正体を現し始めたものであろうか。これは、後程彼女が出逢ったある危機に於ける、想像を絶した冷静さに徴しても、外に判断の下し方はない様に見えるのだ。

　やがて検死の手続きは、別段の故障なく終り、死体は親族の者の手によって、長持の中から他の場所へ移された。そしてその時、少しばかり余裕を取返した彼等は、始めて長持の蓋の裏の掻き傷に注意を向けることが出来たのである。

　若し、何の事情も知らず、格太郎の惨死体を目撃せぬ人が見たとしても、その掻き傷は異様に物凄いものに相違なかった。そこには死人の恐るべき妄執が、如何なる名画も及ばぬ鮮かさを以て、刻まれているのだ。何人も一目見て顔をそむけ、二度とそこへ目をやろうとはしない程であった。

　その中で、掻き傷の画面から、ある驚くべきものを発見したのは、当のおせいと格二郎の二人丈であった。彼等は死骸と一緒に別間に去った人々のあとに残って、長持の両端から、蓋の裏に現れた影の様なものに異様な凝視をつづけていた。おお、そこには一体何があったのであるか。

　それは影の様におぼろげに、狂者の筆の様にたどたどしいものではあったけれど、よく見れば、無数の掻き傷の上を覆って、一字は大きく、一字は小さく、あるものは斜めに、あるものはやっと判読出来る程の歪み方でまざまざと、「オセイ」の三文字が現れているのであった。

「姉さんのことですね」

格二郎は凝視の目を、そのままおせいに向けて、低い声で云った。

「そうですわね」

ああ、このように冷静な言葉が、その際のおせいの口をついて出たことは、何と驚くべき事実であったか。無論、彼女がその文字の意味を知らぬ筈はないのだ。瀕死の格太郎が、命の限りを尽して、やっと書くことの出来た、おせいに対する呪いの言葉、最後の「イ」に至って、その一線を劃すると同時に悶死をとげた彼の妄執、彼はそれに続けて、おせいこそ下手人である旨を、如何程か書き度かったであろうに、不幸そのものの如き格太郎は、それさえ得せずして、千秋の遺恨を抱いて、ほし固って了ったのである。

併し、格二郎にしては、彼自身善人である丈に、そこまで疑念を抱くことは出来なかった。単なる「オセイ」の三字が何を意味するか、それが下手人を指し示すものであろうとは、想像の外であった。彼がそこから得た感じは、おせいに対する漠然たる疑惑と、兄が未憐にも、死際まで彼女のことを忘られず、苦悶の指先にその名を書き止めた無慙の気持ばかりであった。

「まあ、それ程私のことを心配していて下すったのでしょうか」

暫くしてから、言外に相手が已に感づいているであろう不倫を悔いた意味をもこめて、おせいはしみじみと歎いた。そして、いきなりハンカチを顔にあてて、（どんな名優だって、これ程空涙をこぼし得るものはないであろう）さめざめと泣くのであった。

六

格太郎の葬式を済ませると、第一におせいの演じたお芝居は、無論上べだけではあるが、不義の恋人と、切れることであった。そして、類なき技巧を以て、格二郎の疑念をはらすことに専念した。しかも、それはある程度まで成功した。仮令一時だったとはいえ、格二郎はまんまと妖婦の欺瞞に陥ったのである。

かくておせいは、予期以上の分配金に預り、息子の正一と共に、住みなれた邸を売って、次から次と住所を変え、得意のお芝居の助けをかりて、いつとも知れず、親族達の監視から遠ざかって行くのだった。

問題の長持は、おせいが強いて貰い受けて、彼女から密に古道具屋に売払われた。その長持は今何人の手に納められたことであろう。あの掻き瑕と不気味な仮名文字とが、新しい持主の好奇心を刺戟する様なことはなかったであろうか。彼は掻き傷にこもる恐しい妄執にふと心戦くことはなかったか。そして又、「オセイ」という不可思議なる三字に、彼は果して如何なる女性を想像したであろう。ともすれば、それは世の醜さを知り初めぬ、無垢の乙女の姿であったかも知れないのだが。

人間椅子

佳子（よしこ）は、毎朝、夫の登庁（とうちょう）を見送って了（しま）うと、それはいつも十時を過ぎるのだが、やっと自分のからだになって、洋館の方の、夫と共用の書斎へ、とじ籠（こも）るのが例になっていた。そこで、彼女は今、K雑誌のこの夏の増大号にのせる為の、長い創作にとりかかっているのだった。

美しい閨秀（けいしゅう）作家としての彼女は、此（こ）の頃（ごろ）では、外務省書記官である夫君の影を薄く思わせる程も、有名になっていた。彼女の所へは、毎日の様に未知の崇拝者達からの手紙が、幾通となくやって来た。

今朝（けさ）とても、彼女は、書斎の机の前に坐ると、仕事にとりかかる前に、先（ま）ず、それらの未知の人々からの手紙に、目を通さねばならなかった。

それは何（いず）れも、極（きま）り切った様に、つまらぬ文句のものばかりであったが、彼女は、女の優しい心遣（こころづか）いから、どの様な手紙であろうとも、自分に宛（あて）られたものは、兎（と）も角（かく）も、一通りは読んで見ることにしていた。

簡単なものから先にして、二通の封書と、一葉のはがきとを見て了うと、あとにはかさ高い原稿らしい一通が残った。別段通知の手紙は貰（もら）っていないけれど、そうして、突然原稿を送って来る例は、これまでにしても、よくあることだった。それは、多くの場合、長々しく退屈極る代物であったけれど、彼女は兎も角も、表題丈（だけ）でも見て置こうと、封を切って、中の紙束を取出して見た。

それは、思った通り、原稿用紙を綴（と）じたものであった。が、どうしたことか、表題も署名もなく、突然「奥様」という、呼びかけの言葉で始まっているのだった。ハテナ、では、やっぱり手紙なのかしら、そう思って、何気なく二行三行と目を走らせて行く内に、彼女は、そこから、何となく異常な、妙に気味悪いものを予感した。そして、持前（もちまえ）の好奇心が、彼女をして、ぐんぐん、先を読ませて行くのであった。

奥様、

奥様の方では、少しも御存じのない男から、突然、此様（このよう）な無躾（ぶしつけ）な御手紙を、差上げます罪を、幾重（いくえ）にもお許し下さいませ。

こんなことを申上げますと、奥様は、さぞかしびっくりなさる事で御座いましょうが、私は今、あなたの前に、私の犯して来ました、世にも不思議な罪悪を、告白しようとしているのでございます。

私は数ケ月の間、全く人間界から姿を隠して、本当に、悪魔の様な生活を続けて参りました。勿論（もちろん）、広い世界に誰一人、私の所業を知るものはありません。若（も）し、何事もなければ、私は、このまま永久に、人間界に立帰ることはなかったかも知れないのでございます。

ところが、近頃になりまして、私の心にある不思議な変化が起りました。そして、どうしても、この、私の因果な身の上を、懺悔（ざんげ）しないではいられなくなりました。ただ、かように申しましたばかりでは、色々御不審（ごふしん）に思召（おぼしめ）す点もございましょうが、どうか、兎も角も、この手紙を終りまで御読み下さいませ。そうすれば、何故（なぜ）、私がそんな気持になったのか。又何故、この告白を、殊更（ことさら）奥様に聞いて頂かねばならぬのか、それらのことが、悉（ことごと）く明白になるでございましょう。

さて、何から書き初めたらいいのか、余りに人間離れのした、奇怪千万な事実なので、こうした、人間世界で使われる、手紙という様な方法では、妙に面（おも）はゆくて、筆の鈍るのを覚えます。でも、迷っていても仕方がございません。兎も角も、事の起りから、順を追って、書いて行くことに致しましょう。

私は生れつき、世にも醜い容貌の持主でございます。これをどうか、はっきりと、お覚えなすっていて下さいませ。そうでないと、若し、あなたが、この無躾な願いを容れて、私にお逢い下さいました場合、たださえ醜い私の顔が、長い月日の不健康な生活の為に、二た目と見られぬ、ひどい姿になっているのを、何の予備知識もなしに、あなたに見られるのは、私としては、堪え難いことでございます。

私という男は、何と因果な生れつきなのでありましょう。そんな醜い容貌を持ちながら、胸の中では、人知れず、世にも烈しい情熱を、燃していたのでございます。私は、お化のような顔をした、その上極く貧乏な、一職人に過ぎない私の現実を忘れて、身の程知らぬ、甘美な、贅沢な、種々様々の「夢」にあこがれていたのでございます。

私が若し、もっと豊な家に生れていましたなら、金銭の力によって、色々の遊戯に耽けり、醜貌のやるせなさを、まぎらすことが出来たでもありましょう。それとも又、私に、もっと芸術的な天分が、与えられていましたなら、例えば美しい詩歌によって、此世の味気なさを、忘れることが出来たでもありましょう。併し、不幸な私は、何れの恵みにも浴することが出来ず、哀れな、一家具職人の子として、親譲りの仕事によって、其日其日の暮しを、立てて行く外はないのでございました。

私の専門は、様々の椅子を作ることでありました。私の作った椅子は、どんな難しい註文主にも、きっと気に入るというので、商会でも、私には特別に目をかけて、仕事も、上物ばかりを、廻して呉れて居りました。そんな上物になりますと、凭れや肘掛けの彫りものに、色々むずかしい註文があったり、クッションの工合、各部の寸法などに、微妙な好みがあったりして、それを作る者には、一寸素人の想像出来ない様な苦心が要るのでございますが、でも、苦心をすればした丈け、出来上った時の愉快というものはありません。生意気を申す様ですけれど、その心持ちは、芸術家が立派な作品を完成した時の喜びにも、比ぶべきものではないかと存じます。

一つの椅子が出来上ると、私は先ず、自分で、それに腰かけて、坐り工合を試して見ます。そして、味気ない職人生活の内にも、その時ばかりは、何とも云えぬ得意を感じるのでございます。そこへは、どの様な高貴の方が、或(あるい)はどの様な美しい方がおかけなさることか、こんな立派な椅子を、註文なさる程のお邸(やしき)だから、そこには、きっと、この椅子にふさわしい、贅沢な部屋があるだろう。壁間(かべ)には定めし、有名な画家の油絵が懸(かか)り、天井からは、偉大な宝石の様な装飾電燈(シャンデリヤ)が、さがっているに相違ない。床には、高価な絨氈(じゅうたん)が、敷きつめてあるだろう。そして、この椅子の前のテーブルには、眼の醒める様な、西洋草花が、甘美な薫(かおり)を放って、咲き乱れていることであろう。そんな妄想に耽っていますと、何だかこう、自分が、その立派な部屋の主(あるじ)にでもなった様な気がして、ほんの一瞬間ではありますけれど、何とも形容の出来ない、愉快な気持になるのでございます。

私の果敢(はか)ない妄想は、猶(なお)とめどもなく増長して参ります。この私が、貧乏な、醜い、一職人に過ぎない私が、妄想の世界では、気高い貴公子になって、私の作った立派な椅子に、腰かけているのでございます。そして、その傍(かたわら)には、いつも私の夢に出て来る、美しい私の恋人が、におやかにほほえみながら、私の話に聞入って居ります。そればかりではありません。私は妄想の中で、その人と手をとり合って、甘い恋の睦言(むつごと)を、囁(ささや)き交(かわ)しさえするのでございます。

ところが、いつの場合にも、私のこの、フーワリとした紫の夢は、忽(たちま)ちにして、近所のお上(かみ)さんの姦(かしま)しい話声や、ヒステリーの様に泣き叫ぶ、其辺(そのあたり)の病児(びょうじ)の声に妨(さまた)げられて、私の前には、又しても、醜い現実が、あの灰色のむくろをさらけ出すのでございます。現実に立帰った私は、そこに、夢の貴公子とは似てもつかない、哀れにも醜い、自分自身の姿を見出します。そして、今の先、私にほほえみかけて呉れた、あの美しい人は。……そんなものが、全体どこにいるのでしょう。その辺に、埃まみれになって遊んでいる、汚らしい子守女でさえ、私なぞには、見向いても呉れはしないのでございます。ただ一つ、私の作った椅子丈けが、今の夢の名残りの様に、そこに、ポツネンと残って居ります。でも、その椅子は、やがて、いずことも知れぬ、私達のとは全く別な世界へ、運び去られて了うのではありませんか。

私は、そうして、一つ一つ椅子を仕上げる度毎に、いい知れぬ味気なさに襲われるのでございます。その、何とも形容の出来ない、いやあな、いやあな心持は、月日が経つに従って、段々、私には堪え切れないものになって参りました。

「こんな、うじ虫の様な生活を、続けて行く位なら、いっそのこと、死んで了った方が増しだ」私は、真面目に、そんなことを思います。仕事場で、コツコツと鑿を使いながら、釘を打ちながら、或は、刺戟の強い塗料をこね廻しながら、その同じことを、執拗に考え続けるのでございます。「だが、待てよ、死んで了う位なら、それ程の決心が出来るなら、もっと外に、方法がないものであろうか。例えば……」そうして、私の考えは、段々恐ろしい方へ、向いて行くのでありました。

丁度その頃、私は、嘗つて手がけたことのない、大きな皮張りの肘掛椅子の、製作を頼まれて居りました。此椅子は、同じY市で外人の経営している、あるホテルへ納める品で、一体なら、その本国から取寄せる筈のを、私の雇われていた、商会が運動して、日本にも舶来品に劣らぬ椅子職人がいるからというので、やっと註文を取ったものでした。それ丈けに、私としても、寝食を忘れてその製作に従事しました。本当に魂をこめて、夢中になってやったものでございます。

さて、出来上った椅子を見ますと、私は嘗て覚えない満足を感じました。それは、我乍ら、見とれる程の、見事な出来ばえであったのです。私は例によって、四脚一組になっているその椅子の一つを、日当りのよい板の間へ持出して、ゆったりと腰を下しました。何という坐り心地のよさでしょう。フックラと、硬すぎず軟かすぎぬクッションのねばり工合、態と染色を嫌って灰色の生地のまま張りつけた、鞣革の肌触り、適度の傾斜を保って、そっと背中を支えて呉れる、豊満な凭れ、デリケートな曲線を描いて、オンモリとふくれ上った、両側の肘掛け、それらの凡てが、不思議な調和を保って、渾然として「安楽」という言葉を、そのまま形に現している様に見えます。

私は、そこへ深々と身を沈め、両手で、丸々とした肘掛けを愛撫しながら、うっとりとしていました。すると、私の癖として、止めどもない妄想が、五色の虹の様に、まばゆいばかりの色彩を以て、次から次へと湧き上って来るのです。あれを幻というのでしょうか。心に思うままが、あんまりはっきりと、眼の前に浮んで来ますので、私は、若しや気でも違うのではないかと、空恐ろしくなった程でございます。

そうしています内に、私の頭に、ふとすばらしい考えが浮んで参りました。悪魔の囁きというのは、多分ああした事を指すのではありますまいか。それは、夢の様に荒唐無稽で、非常に不気味な事柄でした。でも、その不気味さが、いいしれぬ魅力となって、私をそそのかすのでございます。

最初は、ただただ、私の丹誠を籠めた美しい椅子を、手離し度くない、出来ることなら、その椅子と一緒に、どこまでもついて行きたい、そんな単純な願いでした。それが、うつらうつらと妄想の翼を拡げて居ります内に、いつの間にやら、その日頃私の頭に醗酵して居りました、ある恐ろしい考えと、結びついて了ったのでございます。そして、私はまあ、何という気違いでございましょう。その奇怪極まる妄想を、実際に行って見ようと思い立ったのでありました。

私は大急ぎで、四つの内で一番よく出来たと思う肘掛椅子を、バラバラに毀してしまいました。そして、改めて、それを、私の妙な計画を実行するに、都合のよい様に造り直しました。

それは、極く大型のアームチェーアですから、掛ける部分は、床にすれすれまで皮で張りつめてありますし、其外、凭れも肘掛けも、非常に部厚に出来ていて、その内部には、人間一人が隠れていても、決して外から分らない程の、共通した、大きな空洞があるのです。無論、そこには、巌丈な木の枠と、沢山なスプリングが取りつけてありますけれど、私はそれらに、適当な細工を施して、人間が掛ける部分に膝を入れ、凭れの中へ首と胴とを入れ、丁度椅子の形に坐れば、その中にしのんでいられる程の、余裕を作ったのでございます。

そうした細工は、お手のものですから、十分手際よく、便利に仕上げました。例えば、呼吸をしたり外部の物音を聞く為に皮の一部に、外からは少しも分らぬ様な隙間を拵えたり、凭れの内部の、丁度頭のわきの所へ、小さな棚をつけて、何かを貯蔵出来る様にしたり、ここへ水筒と、軍隊用の堅パンとを詰め込みました。ある用途の為めに大きなゴムの袋を備えつけたり、その外様々の考案を廻らして、食料さえあれば、その中に、二日三日這入りつづけていても、決して不便を感じない様にしつらえました。謂わば、その椅子が、人間一人の部屋になった訳でございます。

私はシャツ一枚になると、底に仕掛けた出入口の蓋を開けて、椅子の中へ、すっぽりと、もぐりこみました。それは、実に変てこな気持でございました。まっ暗な、息苦しい、まるで墓場の中へ這入った様な、不思議な感じが致します。考えて見れば、墓場に相違ありません。私は、椅子の中へ這入ると同時に、丁度、隠れ簑でも着た様に、この人間世界から、消滅して了う訳ですから。

間もなく、商会から使のものが、四脚の肘掛椅子を受取る為に、大きな荷車を持って、やって参りました。私の内弟子が（私はその男と、たった二人暮しだったのです）何も知らないで、使のものと応待して居ります。車に積み込む時、一人の人夫が「こいつは馬鹿に重いぞ」と怒鳴りましたので、椅子の中の私は、思わずハッとしましたが、一体、肘掛椅子そのものが、非常に重いのですから、別段あやしまれることもなく、やがて、ガタガタという、荷車の振動が、私の身体にまで、一種異様の感触を伝えて参りました。

非常に心配しましたけれど、結局、何事もなく、その日の午後には、もう私の這入った肘掛椅子は、ホテルの一室に、どっかりと、据えられて居りました。後で分ったのですが、それは、私室ではなくて、人を待合せたり、新聞を読んだり、煙草をふかしたり、色々の人が頻繁に出入りする、ローンジとでもいう様な部屋でございました。

もうとっくに、御気づきでございましょうが、私の、この奇妙な行いの第一の目的は、人のいない時を見すまして、椅子の中から抜け出し、ホテルの中をうろつき廻って、盗みを働くことでありました。椅子の中に人間が隠れていようなどと、そんな馬鹿馬鹿しいことを、誰が想像致しましょう。私は、影の様に、自由自在に、部屋から部屋を、荒し廻ることが出来ます。そして、人々が、騒ぎ始める時分には、椅子の中の隠家へ逃げ帰って、息を潜めて、彼等の間抜けな捜索を、見物していればよいのです。あなたは、海岸の波打際などに、「やどかり」という一種の蟹のいるのを御存じでございましょう。大きな蜘蛛の様な恰好をしていて、人がいないと、その辺を我物顔に、のさばり歩いていますが、一寸でも人の跫音がしますと、恐ろしい速さで、貝殻の中へ逃げ込みます。そして、気味の悪い、毛むくじゃらの前足を、少しばかり貝殻から覗かせて、敵の動静を伺って居ります。私は丁度あの「やどかり」でございました。貝殻の代りに、椅子という隠家を持ち、海岸ではなくて、ホテルの中を、我物顔に、のさばり歩くのでございます。

さて、この私の突飛な計画は、それが突飛であった丈け、人々の意表外に出でて、見事に成功致しました。ホテルに着いて三日目には、もう、たんまりと一仕事済ませて居た程でございます。いざ盗みをするという時の、恐ろしくも、楽しい心持、うまく成功した時の、何とも形容し難い嬉しさ、それから、人々が私のすぐ鼻の先で、あっちへ逃げた、こっちへ逃げたと大騒ぎをやっているのを、じっと見ているおかしさ。それがまあ、どの様な不思議な魅力を持って、私を楽しませたことでございましょう。

でも、私は今、残念ながら、それを詳しくお話している暇はありません。私はそこで、そんな盗みなどよりは、十倍も二十倍も、私を喜ばせた所の、奇怪極まる快楽を発見したのでございます。そして、それについて、告白することが、実は、この手紙の本当の目的なのでございます。

お話を、前に戻して、私の椅子が、ホテルのローンジに置かれた時のことから、始めなければなりません。

椅子が着くと、一しきり、ホテルの主人達が、その坐り工合を見廻って行きましたが、あとは、ひっそりとして、物音一つ致しません。多分部屋には、誰もいないのでしょう。でも、到着匆々、椅子から出ることなど、迚も恐ろしくて出来るものではありません。私は、非常に長い間（ただそんなに感じたのかも知れませんが）少しの物音も聞き洩(もら)すまいと、全神経を耳に集めて、じっとあたりの様子を伺って居りました。

そうして、暫(しばら)くしますと、多分廊下の方からでしょう、コツコツと重苦しい跫音が響いて来ました。それが、二三間向うまで近付くと、部屋に敷かれた絨氈の為に、殆(ほとん)ど聞きとれぬ程の低い音に代りましたが、間もなく、荒々しい男の鼻息が聞え、ハッと思う間に、西洋人らしい大きな身体が、私の膝の上に、ドサリと落ちてフカフカと二三度はずみました。私の太腿(ふともも)と、その男のガッシリした偉大な臀部(でんぶ)とは、薄い鞣皮一枚を隔てて、暖味(あたたかみ)を感じる程も密接しています。幅の広い彼の肩は、丁度私の胸の所へ凭れかかり、重い両手は、革を隔てて、私の手と重なり合っています。そして、男がシガーをくゆらしているのでしょう。男性的な、豊な薫(かおり)が、革の隙間を通して漾(ただよ)って参ります。

奥様、仮にあなたが、私の位置にあるものとして、其場の様子を想像してごらんなさいませ。それは、まあ何という、不思議千万な情景でございましょう。私はもう、余りの恐ろしさに、椅子の中の暗闇で、堅く堅く身を縮めて、わきの下からは、冷い汗をタラタラ流しながら、思考力もなにも失って了って、ただもう、ボンヤリしていたことでございます。

その男を手始めに、その日一日、私の膝の上には、色々な人が入り替り立替り、腰を下しました。そして、誰も、私がそこにいることを――彼等が柔いクッションだと信じ切っているものが、実は私という人間の、血の通った太腿であるということを――少しも悟らなかったのでございます。

まっ暗で、身動きも出来ない革張りの中の天地。それがまあどれ程、怪しくも魅力ある世界でございましょう。そこでは、人間というものが、日頃目で見ている、あの人間とは、全然別な不思議な生きものとして感ぜられます。彼等は声と、鼻息と、跫音と、衣ずれの音と、そして、幾つかの丸々とした弾力に富む肉塊に過ぎないのでございます。私は、彼等の一人一人を、その容貌の代りに、肌触りによって識別することが出来ます。あるものは、デブデブと肥え太って、腐った肴の様な感触を与えます。それとは正反対に、あるものは、コチコチに痩せひからびて、骸骨のような感じが致します。その外、背骨の曲り方、肩胛骨の開き工合、腕の長さ、太腿の太さ、或は尾骶骨の長短など、それらの凡ての点を綜合して見ますと、どんな似寄った背恰好の人でも、どこか違った所があります。人間というものは、容貌や指紋の外に、こうしたからだ全体の感触によっても、完全に識別することが出来るに相違ありません。

　異性についても、同じことが申されます。普通の場合は、主として容貌の美醜によって、それを批判するのでありましょうが、この椅子の中の世界では、そんなものは、まるで問題外なのでございます。そこには、まる裸の肉体と、声音と、匂とがあるばかりでございます。

　奥様、余りにあからさまな私の記述に、どうか気を悪くしないで下さいまし、私はそこで、一人の女性の肉体に、（それは私の椅子に腰かけた最初の女性でありました。）烈しい愛着を覚えたのでございます。

　声によって想像すれば、それは、まだうら若い異国の乙女でございました。丁度その時、部屋の中には誰もいなかったのですが、彼女は、何か嬉しいことでもあった様子で、小声で、不思議な歌を歌いながら、躍る様な足どりで、そこへ這入って参りました。そして、私のひそんでいる肘掛椅子の前まで来たかと思うと、いきなり、豊満な、それでいて、非常にしなやかな肉体を、私の上へ投げつけました。

しかも、彼女は何がおかしいのか、突然アハアハ笑い出し、手足をバタバタさせて、網の中の魚の様に、ピチピチとはね廻るのでございます。

それから、殆ど半時間ばかりも、彼女は私の膝の上で、時々歌を歌いながら、その歌に調子を合せでもする様に、クネクネと、重い身体を動かして居りました。

これは実に、私に取っては、まるで予期しなかった驚天動地の大事件でございました。女は神聖なもの、いや寧ろ怖いものとして、顔を見ることさえ遠慮していた私でございます。其私が、今、身も知らぬ異国の乙女と、同じ部屋に、同じ椅子に、それどころではありません、薄い鞣皮一重を隔てて肌のぬくみを感じる程も、密接しているのでございます。それにも拘らず、彼女は何の不安もなく、全身の重みを私の上に委ねて、見る人のない気安さに、勝手気儘な姿体を致して居ります。私は椅子の中で、彼女を抱きしめる真似をすることも出来ます。皮のうしろから、その豊な首筋に接吻することも出来ます。その外、どんなことをしようと、自由自在なのでございます。

この驚くべき発見をしてからというものは、私は最初の目的であった盗みなどは第二として、ただもう、その不思議な感触の世界に、惑溺して了ったのでございます。私は考えました。これこそ、この椅子の中の世界こそ、私に与えられた、本当のすみかではないかと。私の様な醜い、そして気の弱い男は、明るい、光明の世界では、いつもひけ目を感じながら、恥かしい、みじめな生活を続けて行く外に、能のない身体でございます。それが、一度、住む世界を換えて、こうして椅子の中で、窮屈な辛抱をしていさえすれば、明るい世界では、口を利くことは勿論、側へよることさえ許されなかった、美しい人に接近して、その声を聞き肌に触れることも出来るのでございます。

椅子の中の恋（！）それがまあ、どんなに不可思議な、陶酔的（とうすいてき）な魅力を持つか、実際に椅子の中へ這入って見た人でなくては、分るものではありません。それは、ただ、触覚と、聴覚と、そして僅（わずか）の嗅覚（きゅうかく）のみの恋でございます。暗闇の世界の恋でございます。決してこの世のものではありません。これこそ、悪魔の国の愛慾なのではございますまいか。考えて見れば、この世界の、人目につかぬ隅々では、どの様に異形な、恐ろしい事柄が、行われているか、ほんとうに想像の外（ほか）でございます。

　無論始めの予定では、盗みの目的を果しさえすれば、すぐにもホテルを逃げ出す積（つも）りでいたのですが、世にも奇怪な喜びに、夢中になった私は、逃げ出すどころか、いつまでもいつまでも、椅子の中を永住のすみかにして、その生活を続けていたのでございます。

　夜々（よなよな）の外出には、注意に注意を加えて、少しも物音を立てず、又人目に触れない様にしていましたので、当然、危険はありませんでしたが、それにしても、数ケ月という、長い月日を、そうして少しも見つからず、椅子の中に暮していたというのは、我ながら実に驚くべき事でございました。

　殆ど二六時中、椅子の中の窮屈な場所で、腕を曲げ、膝を折っている為に、身体中が痺（しび）れた様になって、完全に直立することが出来ず、しまいには、料理場や化粧室への往復を、躄の様に、這って行った程でございます。私という男は、何という気違いでありましょう。それ程の苦しみを忍んでも、不思議な感触の世界を見捨てる気になれなかったのでございます。

　中には、一ケ月も二ケ月も、そこを住居（すまい）のようにして、泊りつづけている人もありましたけれど、元来ホテルのことですから絶えず客の出入りがあります。随（したが）って私の奇妙な恋も、時と共に相手が変って行くのを、どうすることも出来ませんでした。そして、その数々の不思議な恋人の記憶は、普通の場合の様に、その容貌によってではなく、主として身体の恰好によって、私の心に刻みつけられているのでございます。

あるものは、仔馬（こうま）の様に精悍（せいかん）で、すらりと引き締った肉体を持ち、あるものは、蛇の様に妖艶（ようえん）で、クネクネと自在に動く肉体を持ち、あるものは、ゴム鞠（まり）の様に肥え太って、脂肪と弾力に富む肉体を持ち、又あるものは、ギリシャの彫刻の様に、ガッシリと力強く、円満に発達した肉体を持って居りました。その外、どの女の肉体にも、一人一人、それぞれの特徴があり魅力があったのでございます。

そうして、女から女へと移って行く間に、私は又、それとは別な、不思議な経験をも味いました。

その一つは、ある時、欧洲のある強国の大使が（日本人のボーイの噂話によって知ったのですが）其偉大な体軀を、私の膝の上にのせたことでございます。それは、政治家としてよりも、世界的な詩人として、一層よく知られていた人ですが、それ丈けに、私は、その偉人の肌を知ったことが、わくわくする程も、誇らしく思われたのでございます。彼は私の上で、二三人の同国人を相手に、十分ばかり話をすると、そのまま立去（たちさっ）て了いました。無論、何を云っていたのか、私にはさっぱり分りませんけれど、ジェスチュアをする度に、ムクムクと動く、常人よりも暖いかと思われる肉体の、くすぐる様な感触が、私に一種名状すべからざる刺戟を、与えたのでございます。

その時、私はふとこんなことを想像しました。若し！　この革のうしろから、鋭いナイフで、彼の心臓を目がけて、グサリと一突きしたなら、どんな結果を惹起（ひきおこ）すであろう。無論、それは彼に再び起つことの出来ぬ致命傷を与えるに相違ない。彼の本国は素（もと）より、日本の政治界は、その為に、どんな大騒ぎを演じることであろう。新聞は、どんな激情的な記事を掲げることであろう。それは、日本と彼の本国との外交関係にも、大きな影響を与えようし、又芸術の立場から見ても、彼の死は世界の一大損失に相違ない。そんな大事件が、自分の一挙手によって、易々（やすやす）と実現出来るのだ。それを思うと、私は、不思議な得意を感じないではいられませんでした。

もう一つは、有名なある国のダンサーが来朝した時、偶然彼女がそのホテルに宿泊して、たった一度ではありましたが、私の椅子に腰かけたことでございます。その時も、私は、大使の場合と似た感銘を受けましたが、その上、彼女は私に、嘗（か）つて経験したことのない理想的な肉体美の感触を与えて呉れました。私はそのあまりの美しさに卑しい考えなどは起す暇（ひま）もなく、ただもう、芸術品に対する時の様な、敬虔（けいけん）な気持で、彼女を讃美したことでございます。

その外、私はまだ色々と、珍しい、不思議な、或は気味悪い、数々の経験を致しましたが、それらを、ここに細叙（さいじょ）することは、この手紙の目的でありませんし、それに大分（だいぶ）長くなりましたから、急いで、肝心の点にお話を進めることに致しましょう。

さて、私がホテルへ参りましてから、何ケ月かの後、私の身の上に一つの変化が起ったのでございます。といいますのは、ホテルの経営者が、何かの都合で帰国することになり、あとを居抜きのまま、ある日本人の会社に譲り渡したのであります。すると、日本人の会社は、従来の贅沢な営業方針を改め、もっと一般向きの旅館として、有利な経営を目論（もくろ）むことになりました。その為に不用になった調度などは、ある大きな家具商に委託して、競売せしめたのでありますが、その競売目録の内に、私の椅子も加わっていたのでございます。

私は、それを知ると、一時はガッカリ致しました。そして、それを機（き）として、もう一度娑婆（しゃば）へ立帰り、新しい生活を始めようかと思った程でございます。その時分には、盗みためた金が相当の額に上っていましたから、仮令(たとい)、世の中へ出ても、以前の様に、みじめな暮しをすることはないのでした。が、又思い返して見ますと、外人のホテルを出たということは、一方に於(おい)ては、大きな失望でありましたけれど、他方に於ては、一つの新しい希望を意味するものでございました。といいますのは、私は数ケ月の間も、それ程色々の異性を愛したにも拘らず、相手が凡て異国人であった為に、それがどんな立派な、好もしい肉体の持主であっても、精神的に妙な物足りなさを感じない訳には行きませんでした。やっぱり、日本人は、同じ日本人に対してでなければ、本当の恋を感じることが出来ないのではあるまいか。私は段々、そんな風に考えていたのでございます。そこへ、丁度私の椅子が競売に出たのであります。今度は、ひょっとすると、日本人に買いとられるかも知れない。そして、日本人の家庭に置かれるかも知れない。それが、私の新しい希望でございました。私は、兎も角も、もう少し椅子の中の生活を続けて見ることに致しました。

道具屋の店先で、二三日の間、非常に苦しい思いをしましたが、でも、競売が始まると、仕合(しあわ)せなことには、私の椅子は早速(さっそく)買手がつきました。古くなっても、十分人目を引く程、立派な椅子だったからでございましょう。

買手はY市から程遠からぬ、大都会に住んでいた、ある官吏(かんり)でありました。道具屋の店先から、その人の邸まで、何里かの道を、非常に震動の烈しいトラックで運ばれた時には、私は椅子の中で死ぬ程の苦しみを嘗(な)めましたが、でも、そんなことは、買手が、私の望み通り日本人であったという喜びに比べては、物の数でもございません。

買手のお役人は、可成（かなり）立派な邸の持主で、私の椅子は、そこの洋館の、広い書斎に置かれましたが、私にとって非常に満足であったことには、その書斎は、主人よりは、寧ろ、その家の、若く美しい夫人が使用されるものだったのでございます。それ以来、約一ケ月の間、私は絶えず、夫人と共に居りました。夫人の食事と、就寝の時間を除いては、夫人のしなやかな身体は、いつも私の上に在（あ）りました。それというのが、夫人は、その間（あいだ）、書斎につめきって、ある著作に没頭していられたからでございます。

私がどんなに彼女を愛したか、それは、ここに管々（くだくだ）しく申し上げるまでもありますまい。彼女は、私の始めて接した日本人で、而（しか）も十分美しい肉体の持主でありました。私は、そこに、始めて本当の恋を感じました。それに比べては、ホテルでの、数多い経験などは、決して恋と名づくべきものではございません。その証拠には、これまで一度も、そんなことを感じなかったのに、その夫人に対して丈け私は、ただ秘密の愛撫を楽しむのみではあき足らず、どうかして、私の存在を知らせようと、色々苦心したのでも明かでございましょう。

私は、出来るならば、夫人の方でも、椅子の中の私を意識して欲しかったのでございます。そして、虫のいい話ですが、私を愛して貰い度く思ったのでございます。でも、それをどうして合図致しましょう。若し、そこに人間が隠れているということを、あからさまに知らせたなら、彼女はきっと、驚きの余り、主人や召使達に、その事を告げるに相違ありません。それでは凡（すべ）てが駄目になって了うばかりか、私は、恐ろしい罪名を着て、法律上の刑罰をさえ受けなければなりません。

そこで、私は、せめて夫人に、私の椅子を、この上にも居心地よく感じさせ、それに愛着を起させようと努めました。芸術家である彼女は、きっと常人以上の、微妙な感覚を備えているに相違ありません。

若しも、彼女が、私の椅子に生命を感じて呉れたなら、ただの物質としてではなく、一つの生きものとして愛着を覚えてくれたなら、それ丈けでも、私は十分満足なのでございます。

私は、彼女が私の上に身を投げた時には、出来る丈けフーワリと優しく受ける様に心掛けました。彼女が私の上で疲れた時分には、分らぬ程にソロソロと膝を動かして、彼女の身体の位置を換える様に致しました。そして、彼女が、うとうとと、居眠りを始める様な場合には、私は、極く極く幽（かすか）に、膝をゆすって、揺籃（ようらん）の役目を勤めたことでございます。

その心遣（こころや）りが報（むく）いられたのか、それとも、単に私の気の迷いか、近頃では、夫人は、何となく私の椅子を愛している様に思われます。彼女は、丁度嬰児（あかんぼ）が母親の懐（ふところ）に抱かれる時の様な、又は、処女（おとめ）が恋人の抱擁（ほうよう）に応じる時の様な、甘い優しさを以て私の椅子に身を沈めます。そして、私の膝の上で、身体を動かす様子までが、さも懐（なつか）しげに見えるのでございます。

かようにして、私の情熱は、日々に烈しく燃えて行くのでした。そして、遂には、ああ奥様、遂には、私は、身の程もわきまえぬ、大それた願いを抱く様になったのでございます。たった一目、私の恋人の顔を見て、そして、言葉を交すことが出来たなら、其（その）まま死んでもいいとまで、私は、思いつめたのでございます。

奥様、あなたは、無論、とっくに御悟（おさと）りでございましょう。その私の恋人と申しますのは、余りの失礼をお許し下さいませ。実は、あなたなのでございます。あなたの御主人が、あのＹ市の道具店で、私の椅子を御買取りになって以来、私はあなたに及ばぬ恋をささげていた、哀れな男でございます。

奥様、一生の御願いでございます。たった一度、私にお逢い下さる訳（わけ）には行かぬでございましょうか。

そして、一言でも、この哀れな醜い男に、慰めのお言葉をおかけ下さる訳には行かぬでございましょうか。私は決してそれ以上を望むものではありません。そんなことを望むには、余りに醜く、汚(けが)れ果てた私でございます。どうぞどうぞ、世にも不幸な男の、切なる願いを御聞き届け下さいませ。

私は昨夜、この手紙を書く為に、お邸を抜け出しました。面と向って、奥様にこんなことをお願いするのは、非常に危険でもあり、且(か)つ私には迚も出来ないことでございます。

そして、今、あなたがこの手紙をお読みなさる時分には、私は心配の為に青い顔をして、お邸のまわりを、うろつき廻って居ります。

若し、この、世にも無躾なお願いをお聞き届け下さいますなら、どうか書斎の窓の撫子(なでしこ)の鉢植(はちうえ)に、あなたのハンカチをおかけ下さいまし、それを合図に、私は、何気なき一人の訪問者としてお邸の玄関を訪れるでございましょう。

そして、このふしぎな手紙は、ある熱烈な祈りの言葉を以て結ばれていた。

佳子は、手紙の半程(なかほど)まで読んだ時、已(すで)に恐しい予感の為に、まっ青になって了った。

そして、無意識に立上ると、気味悪い肘掛椅子の置かれた書斎から逃げ出して、日本建ての居間の方へ来ていた。手紙の後の方は、いっそ読まないで、破り棄(す)てて了おうかと思ったけれど、どうやら気懸(きがか)りなままに、居間の小机の上で、兎も角も、読みつづけた。

彼女の予感はやっぱり当っていた。

これはまあ、何という恐ろしい事実であろう。彼女が毎日腰かけていた、あの肘掛椅子の中には、見も知らぬ一人の男が、入っていたのであるか。

「オオ、気味の悪い」

彼女は、背中から冷水をあびせられた様な、悪寒（おかん）を覚えた。そして、いつまでたっても、不思議な身震いがやまなかった。

彼女は、あまりのことに、ボンヤリして了って、これをどう処置すべきか、まるで見当がつかぬのであった。椅子を調べて見る（?）どうしてどうして、そんな気味の悪いことが出来るものか。そこには仮令、もう人間がいなくても、食物その他の、彼に附属した汚いものが、まだ残されているに相違ないのだ。

「奥様、お手紙でございます」

ハッとして、振り向くと、それは、一人の女中が、今届いたらしい封書を持（もっ）て来たのだった。

佳子は、無意識にそれを受取って、開封しようとしたが、ふと、その上書（うわがき）を見ると、彼女は、思わずその手紙を取りおとした程も、ひどい驚きに打たれた。そこには、さっきの無気味な手紙と寸分違わぬ筆癖（ふでぐせ）をもって、彼女の名宛（なあて）が書かれてあったのだ。

彼女は、長い間、それを開封しようか、しまいかと迷っていた。が、とうとう、最後にそれを破って、ビクビクしながら、中身を読んで行った。手紙はごく短いものであったけれど、そこには、彼女を、もう一度ハッとさせた様な、奇妙な文言（もんごん）が記（しる）されていた。

突然御手紙を差上げます無躾を、幾重にもお許し下さいまし。私は日頃、先生のお作を愛読しているものでございます。別封お送り致しましたのは、私の拙い創作でございます。御一覧の上、御批評が頂けますれば、此上の幸はございません。ある理由の為に、原稿の方は、この手紙を書きます前に投函致しましたから、已に御覧済みかと拝察致します。如何でございましたでしょうか。若し、拙作がいくらかでも、先生に感銘を与え得たとしますれば、こんな嬉しいことはないのでございますが。

原稿には、態と省いて置きましたが、表題は「人間椅子」とつけたい考えでございます。

では、失礼を顧みず、お願いまで。匆々。

目羅博士の不思議な犯罪

一

私は探偵小説の筋を考える為に、方々をぶらつくことがあるが、東京を離れない場合は、大抵行先が極っている。浅草公園、花やしき、上野の博物館、同じく動物園、隅田川の乗合蒸汽、両国の国技館。（あの丸屋根が往年のパノラマ館を聯想させ、私をひきつける）今もその国技館の「お化け大会」という奴を見て帰った所だ。久しぶりで「八幡の藪不知」をくぐって、子供の時分の懐しい思出に耽ることが出来た。

ところで、お話は、やっぱりその、原稿の催促がきびしくて、家にいたたまらず、一週間ばかり東京市内をぶらついていた時、ある日、上野の動物園で、ふと妙な人物に出合ったことから始まるのだ。

もう夕方で、閉館時間が迫って来て、見物達は大抵帰ってしまい、館内はひっそり閑と静まり返っていた。

芝居や寄席なぞでもそうだが、最後の幕はろくろく見もしないで、下足場の混雑ばかり気にしている江戸っ子気質はどうも私の気風に合わぬ。

動物園でもその通りだ。東京の人は、なぜか帰りいそぎをする。まだ門が閉った訳でもないのに、場内はガランとして、人気もない有様だ。

私は猿の檻の前に、ぼんやり佇んで、つい今しがたまで雑沓していた、園内の異様な静けさを楽しんでいた。

猿共も、からかって呉れる対手がなくなった為か、ひっそりと、淋しそうにしている。あたりが余りに静かだったので、暫くして、ふと、うしろに人の気配を感じた時には、何かしらゾッとした程だ。

それは髪を長く延ばした、青白い顔の青年で、折目のつかぬ服を着た、所謂「ルンペン」という感じの人物であったが、顔付の割には快活に、檻の中の猿にからかったりし始めた。

よく動物園に来るものと見えて、猿をからかうのが手に入ったものだ。餌を一つやるにも、思う存分芸当をやらせて、散々楽しんでから、やっと投げ与えるという風で、非常に面白いものだから、私はニヤニヤ笑いながら、いつまでもそれを見物していた。

「猿ってやつは、どうして、相手の真似をしたがるのでしょうね」

男が、ふと私に話しかけた。彼はその時、蜜柑の皮を上に投げては受取り、投げては受取りしていた。檻の中の一匹の猿も、彼と全く同じやり方で、蜜柑の皮を投げたり受取ったりしていた。

私が笑って見せると、男は又云った。

「真似って云うことは、考えて見ると怖いですね。神様が、猿にああいう本能をお与えなすったことがですよ」

私は、この男、哲学者ルンペンだなと思った。

「猿が真似するのはおかしいけど、人間が真似するのはおかしくありませんね。神様は人間にも、猿と同じ本能を、いくらかお与えなすった。それは考えて見ると怖いですよ。あなた、山の中で大猿に出会った旅人の話をご存じですか」

男は話ずきと見えて、段々口数が多くなる。私は、人見知りをする質で、他人から話しかけられるのは余り好きでないが、この男には、妙な興味を感じた。青白い顔とモジャモジャした髪の毛が、私をひきつけたのかも知れない。或は、彼の哲学者風な話方が気に入ったのかも知れない。

「知りません。大猿がどうかしたのですか」

私は進んで相手の話を聞こうとした。

「人里離れた深山でね、一人旅の男が、大猿に出会ったのです。そして、脇ざしを猿に取られてしまったのですよ。猿はそれを抜いて、面白半分に振り廻してかかって来る。旅人は町人なので、一本とられてしまったら、もう刀はないものだから、命さえ危くなったのです」

夕暮の猿の檻の前で、青白い男が妙な話を始めたという、一種の情景が私を喜ばせた。私は「フンフン」と合槌をうった。

「取戻そうとするけれど、相手は木昇りの上手な猿のことだから、手のつけ様がないのです。だが、旅の男は、なかなか頓智のある人で、うまい方法を考えついた。彼は、その辺に落ちていた木の枝を拾って、それを刀になぞらえ、色々な恰好をして見せた。猿の方では、神様から人真似の本能を授けられている悲しさに、旅人の仕草を一々真似始めたのです、そして、とうとう、自殺をしてしまったのです。なぜって、旅人が、猿の興に乗って来たところを見すまし、木の枝でしきりと自分の頸部をなぐって見せたからです。猿はそれを真似て抜身で自分の頸をなぐったから、たまりません。血を出して、血が出てもまだ我と我が頸をなぐりながら、絶命してしまったのです。旅人は刀を取返した上に、大猿一匹お土産が出来たというお話ですよ。ハハハ……」

男は話し終って笑ったが、妙に陰気な笑声（わらいごえ）であった。

「ハハハ……、まさか」

私が笑うと、男はふと真面目になって、

「イイエ、本当です。猿って奴（やつ）は、そういう悲しい恐ろしい宿命を持っているのです。ためして見ましょうか」

男は云いながら、その辺に落ちていた木切れを、一匹の猿に投げ与え、自分はついていたステッキで、頸を切る真似をして見せた。

すると、どうだ。この男よっぽど猿を扱い慣れていたと見え、猿奴（め）は木切れを拾って、いきなり自分の頸をキュウキュウこすり始めたではないか。

「ホラね、もしあの木切れが、本当の刀だったらどうです。あの小猿、とっくにお陀仏（だぶつ）ですよ」

広い園内はガランとして、人っ子一人いなかった。茂った樹々の下陰には、もう夜の闇が、陰気な隈（くま）を作っていた。私は何となく身内（みうち）がゾクゾクして来た。私の前に立（たっ）ている青白い青年が、普通の人間でなくて、魔法使（まほうつかい）かなんかの様に思われて来た。

「真似というものの恐ろしさがお分りですか。人間だって同じですよ。人間だって、真似をしないではいられぬ、悲しい恐ろしい宿命を持って生れているのですよ。タルドという社会学者は、人間生活を『模倣』の二字でかたづけようとした程ではありませんか」

今はもう一々覚えていないけれど、青年はそれから、「模倣」の恐怖について色々と説を吐いた。彼は又、鏡というものに、異常な恐れを抱（いだ）いていた。

「鏡をじっと見つめていると、怖くなりやしませんか。僕はあんな怖いものはないと思いますよ。なぜ怖いか。鏡の向側に、もう一人の自分がいて、猿の様に人真似をするからです」

そんなことを云ったのも、覚えている。

動物園の閉門の時間が来て、係りの人に追いたてられて、私達はそこを出たが、出てからも別れてしまわず、もう暮れきった上野の森を、話しながら、肩を並べて歩いた。

「僕知っているんです。あなた江戸川さんでしょう。探偵小説の」

暗い木の下道を歩いていて、突然そう云われた時に、私は又してもギョッとした。相手がえたいの知れぬ、恐ろしい男に見えて来た。と同時に、彼に対する興味も一段と加わって来た。

「愛読しているんです。近頃のは正直に云うと面白くないけれど、以前のは、珍らしかったせいか、非常に愛読したものですよ」

男はズケズケ物を云った。それも好もしかった。

「アア、月が出ましたね」

青年の言葉は、ともすれば急激な飛躍をした。ふと、こいつ気違いではないかと、思われる位であった。

「今日は十四日でしたかしら。殆ど満月ですね。降り注ぐ様な月光というのは、これでしょうね。月の光て、なんて変なものでしょう。月光が妖術を使うという言葉を、どっかで読みましたが、本当ですね。同じ景色が、昼間とはまるで違って見えるではありませんか。あなたの顔だって、そうですよ。さい前、猿の檻の前に立っていらしったあなたとは、すっかり別の人に見えますよ」

そう云って、ジロジロ顔を眺められると、私も変な気持になって、相手の顔の、隈になった両眼が、黒ずんだ脣(くちびる)が、何かしら妙な怖いものに見え出したものだ。

「月と云えば、鏡に縁がありますね。水月(すいげつ)という言葉や、『月が鏡となればよい』という文句が出来て来たのは、月と鏡と、どこか共通点がある証拠ですよ。ごらんなさい、この景色を」

　彼が指さす眼下には、いぶし銀の様にかすんだ、昼間の二倍の広さに見える不忍池(しのばずのいけ)が拡がっていた。

「昼間の景色が本当のもので、今月光に照らされているのは、其(その)昼間の景色が鏡に写っている、鏡の中の影だとは思いませんか」

　青年は、彼自身も又、鏡の中の影の様に、薄ぼんやりした姿で、ほの白い顔で、云った。

「あなたは、小説の筋を探していらっしゃるのではありませんか。僕一つ、あなたにふさわしい筋を持っているのですが、僕自身の経験した事実談ですが、お話ししましょうか。聞いて下さいますか」

　事実私は小説の筋を探していた。しかし、そんなことは別にしても、この妙な男の経験談が聞いて見たい様に思われた。今までの話し振りから想像しても、それは決して、ありふれた、退屈な物語ではなさそうに感じられた。

「聞きましょう。どこかで、ご飯でもつき合って下さいませんか。静かな部屋で、ゆっくり聞かせて下さい」

　私が云うと、彼はかぶりを振って、

「ご馳走(ちそう)を辞退するのではありません。僕は遠慮なんかしません。併(しか)し、僕のお話は、明るい電燈には不似合です。あなたさえお構いなければ、ここで、ここのベンチに腰かけて、妖術使いの月光をあびながら、巨大な鏡に映った不忍池を眺めながら、お話ししましょう。そんなに長い話ではないのです」

私は青年の好みが気に入った。そこで、あの池を見はらす高台の、林の中の捨て石に、彼と並んで腰をおろし、青年の異様な物語を聞くことにした。

二

青年は唐突（とうとつ）に始めた。

「ドイルの小説に『恐怖の谷』というのがありましたね」

「あれは、どっかの嶮（けわ）しい山と山が作っている峡谷のことでしょう。だが、恐怖の谷は何も自然の峡谷ばかりではありませんよ。この東京の真中の、丸（まる）の内（うち）にだって恐ろしい谷間があるのです。

高いビルディングとビルディングとの間にはさまっている、細い道路。そこは自然の峡谷よりも、ずっと嶮しく、ずっと陰気です。文明の作った幽谷です。科学の作った谷底です。その谷底の道路から見た、両側の六階七階の殺風景なコンクリート建築は、自然の断崖の様に、青葉もなく、季節季節の花もなく、目に面白いでこぼこもなく、文字通り斧（おの）でたち割った、巨大な鼠色（ねずみいろ）の裂目（さけめ）に過ぎません。見上る空は帯の様に細いのです。日も月も、一日の間にホンの数分間しか、まともには照らないのです。その底からは昼間でも星が見える位です。不思議な冷い風が、絶えず吹きまくっています。

そういう峡谷の一つに、大地震以前まで、僕は住んでいたのです。建物の正面は丸の内のS通りに面していました。正面は明るくて立派なのです。併し、一度背面に廻ったら、別のビルディングと背中合わせで、お互（たがい）に殺風景な、コンクリート丸出しの、窓のある断崖が、たった二間巾程（けんはば）の通路を挟んで、向き合っています。都会の幽谷というのは、つまりその部分なのです。

ビルディングの部屋部屋は、たまには住宅兼用の人もありましたが、大抵は昼間丈けのオフィスで、夜は皆帰ってしまいます。昼間賑かな丈けに、夜の淋しさといったらありません。丸の内の真中で、ふくろが鳴くかと怪まれる程、本当に深山の感じです。例のうしろ側の峡谷も、夜こそ文字通り峡谷です。

僕は、昼間は玄関番を勤め、夜はそのビルディングの地下室に寝泊りしていました。四五人泊り込みの仲間があったけれど、僕は絵が好きで、暇さえあれば、独りぼっちで、カンヴァスを塗りつぶしていました。自然他の連中とは口も利かない様な日が多かったのです。

その事件が起ったのは、今いううしろ側の峡谷なのですから、そこの有様を少しお話しして置く必要があります。そこには建物そのものに、実に不思議な、気味の悪い暗合があったのです。暗合にしては、あんまりぴったり一致し過ぎているので、僕は、その建物を設計した技師の、気まぐれないたずらではないかと思ったものです。

というのは、其二つのビルディングは、同じ位の大きさで、両方とも五階でしたが、表側や、側面は、壁の色なり装飾なり、まるで違っている癖に、峡谷の側の背面丈けは、どこからどこまで、寸分違わぬ作りになっていたのです。屋根の形から、鼠色の壁の色から、各階に四つずつ開いている窓の構造から、まるで写真に写した様に、そっくりなのです。若しかしたら、コンクリートのひび割れまで、同じ形をしていたかも知れません。

その峡谷に面した部屋は、一日に数分間（というのはちと大袈裟ですが）まあほんの瞬くひましか日がささぬので、自然借り手がつかず、殊に一番不便な五階などは、いつも空部屋になっていましたので、僕は暇なときには、カンヴァスと絵筆を持って、よくその空き部屋へ入り込んだものです。そして、窓から覗く度毎に、向うの建物が、まるでこちらの写真の様に、よく似ていることを、不気味に思わないではいられませんでした。何か恐ろしい出来事の前兆みたいに感じられたのです。

そして、其僕の予感が、間もなく的中する時が来たではありませんか。五階の北の端の窓で、首くくりがあったのです。しかも、それが、少し時を隔てて、三度も繰返されたのです。

最初の自殺者は、中年の香料ブローカーでした。その人は初め事務所を借りに来た時から、何となく印象的な人物でした。商人の癖に、どこか商人らしくない、陰気な、いつも何か考えている様な男でした。この人はひょっとしたら、裏側の峡谷に面した、日のささぬ部屋を借りるかも知れないと思っていると、案の定、そこの五階の北の端の、一番人里離れた（ビルディングの中で、人里はおかしいですが、如何にも人里離れたという感じの部屋でした）一番陰気な、随って室料も一番廉い二部屋続きの室を選んだのです。

そうですね、引越して来て、一週間もいましたかね、兎に角極く僅かの間でした。

その香料ブローカーは、独身者だったので、一方の部屋を寝室にして、そこへ安物のベッドを置いて、夜は、例の幽谷を見おろす、陰気な断崖の、人里離れた岩窟の様なその部屋に、独りで寝泊りしていました。そして、ある月のよい晩のこと、窓の外に出っ張っている、電線引込用の小さな横木に細引をかけて、首を縊って自殺をしてしまったのです。

朝になって、その辺一帯を受持っている、道路掃除の人夫が、遥か頭の上の、断崖のてっぺんにブランブラン揺れている縊死者を発見して、大騒ぎになりました。

彼が何故自殺をしたのか、結局分らないままに終りました。色々調べて見ても、別段事業が思わしくなかった訳でも、借金に悩まされていた訳でもなく、独身者のこと故、家庭的な煩悶があったというでもなく、そうかといって、痴情の自殺、例えば失恋という様なことでもなかったのです。

『魔がさしたんだ、どうも、最初来た時から、妙に沈み勝ちな、変な男だと思った』

人々はそんな風にかたづけてしまいました。一度はそれで済んでしまったのです。ところが、間もなく、その同じ部屋に、次の借手がつき、その人は寝泊りしていた訳ではありませんが、ある晩徹夜の調べものをするのだといって、その部屋にとじこもっていたかと思うと、翌朝は、又ブランコ騒ぎです。全く同じ方法で、首を縊って自殺をとげたのです。

やっぱり、原因は少しも分りませんでした。今度の縊死者は、香料ブローカーと違って、極く快活な人物で、その陰気な部屋を選んだのも、ただ室料が低廉だからという単純な理由からでした。

恐怖の谷に開いた、呪いの窓。その部屋へ入ると、何の理由もなく、ひとりでに死に度くなって来るのだ。という怪談めいた噂が、ヒソヒソと囁かれました。

三度目の犠牲者は、普通の部屋借り人ではありませんでした。そのビルディングの事務員に、一人の豪傑がいて、俺が一つためして見ると云い出したのです。化物屋敷を探険でもする様な、意気込みだったのです」

青年が、そこまで話し続けた時、私は少々彼の物語に退屈を感じて、口をはさんだ。

「で、その豪傑も同じ様に首を縊ったのですか」

青年は一寸驚いた様に、私の顔を見たが、

「そうです」

と不快らしく答えた。

「一人が首を縊ると、同じ場所で、何人も何人も首を縊る。つまりそれが、模倣の本能の恐ろしさだということになるのですか」

「アア、それで、あなたは退屈なすったのですね。違います。違います。そんなつまらないお話ではないのです」

青年はホッとした様子で、私の思い違いを訂正した。

「魔の踏切りで、いつも人死（ひとじに）があるという様な、あの種類の、ありふれたお話ではないのです」

「失敬しました。どうか先をお話し下さい」

私は慇懃（いんぎん）に、私の誤解を詫（わ）びた。

三

「事務員は、たった一人で、三晩というものその魔の部屋にあかしました。しかし何事もなかったのです。彼は悪魔払いでもした顔で、大威張（おおいば）りです。そこで、僕は云ってやりました。『あなたの寝た晩は、三晩とも、曇っていたじゃありませんか。月が出なかったじゃありませんか』とね」

「ホホウ、その自殺と月とが、何か関係でもあったのですか」

私はちょっと驚いて、聞き返した。

「エエ、あったのです。最初の香料ブローカーも、その次の部屋借り人も、月の冴えた晩に死んだことを、僕は気づいていました。月が出なければ、あの自殺は起らないのだ。それも、狭い峡谷に、ほんの数分間、白銀色(しろがねいろ)の妖光がさし込んでいる、その間に起るのだ。月光の妖術なのだ。と僕は信じきっていたのです」

青年は云いながら、おぼろに白い顔を上げて、月光に包まれた脚下の不忍池を眺めた。

そこには、青年の所謂巨大な鏡に写った、池の景色が、ほの白く、妖(あや)しげに横わっていた。

「これです。この不思議な月光の魔力です。月光は、冷い火の様な、陰気な激情を誘発します。人の心が燐(りん)の様に燃え上るのです。その不可思議な激情が、例えば『月光の曲』を生むのです。詩人ならずとも、月に無常を教えられるのです。『芸術的狂気』という言葉が許されるならば、月は人を『芸術的狂気』に導くものではありますまいか」

青年の話術が、少々ばかり私を辟易(へきえき)させた。

「で、つまり、月光が、その人達を縊死させたとおっしゃるのですか」

「そうです。半ばは月光の罪でした。併し、月の光りが、直(ただち)に人を自殺させる訳はありません。若しそうだとすれば、今、こうして満身に月の光をあびている私達は、もうそろそろ、首を縊らねばならぬ時分ではありますまいか」

鏡に写った様に見える、青白い青年の顔が、ニヤニヤと笑った。私は、怪談を聞いている子供の様な、おびえを感じないではいられなかった。

「その豪傑事務員は、四日目の晩も、魔の部屋で寝たのです。そして、不幸なことには、その晩は月が冴えていたのです。

私は真夜半に、地下室の蒲団の中で、ふと目を覚まし、高い窓からさし込む月の光を見て、何かしらハッとして、思わず起き上りました。そして、寝間着のまま、エレベーターの横の、狭い階段を、夢中で五階まで駈け昇ったのです。真夜半のビルディングが、昼間の賑かさに引きかえて、どんなに淋しく、物凄いものだか、ちょっとご想像もつきますまい。何百という小部屋を持った、大きな墓場です。話に聞く、ローマのカタコムです。全くの暗闇ではなく、廊下の要所要所には、電燈がついているのですが、そのほの暗い光が一層恐ろしいのです。

やっと五階の、例の部屋にたどりつくと、私は、夢遊病者の様に、廃墟のビルディングを、さまよっている自分自身が怖くなって、狂気の様にドアを叩きました。その事務員の名を呼びました。

だが、中からは何の答えもないのです。私自身の声が、廊下にこだまして、淋しく消えて行く外には。

引手を廻すと、ドアは難なく開きました。室内には、隅の大テーブルの上に、青い傘の卓上電燈が、しょんぼりとついていました。その光で見廻しても、誰もいないのです。ベッドはからっぽなのです。そして、例の窓が、一杯に開かれていたのです。

窓の外には、向う側のビルディングが、五階の半ばから屋根にかけて、逃げ去ろうとする月光の、最後の光をあびて、おぼろ銀に光っていました。こちらの窓の真向うに、そっくり同じ形の窓が、やっぱりあけ放されて、ポッカリと黒い口を開いています。何もかも同じなのです。それが妖しい月光に照らされて、一層そっくりに見えるのです。

僕は恐ろしい予感に顫えながら、それを確める為に、窓の外へ首をさし出したのですが、直ぐその方を見る勇気がないものだから、先ず遙かの谷底を眺めました。月光は向う側の建物のホンの上部を照らしているばかりで、建物と建物との作るはざまは、真暗に奥底も知れぬ深さに見えるのです。

それから、僕は、云うことを聞かぬ首を、無理に、ジリジリと、右の方へねじむけて行きました。建物の壁は、蔭になっているけれど、向側（むこうがわ）の月あかりが反射して、物の形が見えぬ程ではありません。ジリジリと眼界を転ずるにつれて、果して、予期していたものが、そこに現われて来ました。黒い洋服を着た男の足です。ダラリと垂れた手首です。伸び切った上半身です。深くくびれた頸です。二つに折れた様に、ガックリと垂れた頭です。豪傑事務員は、やっぱり月光の妖術にかかって、そこの電線の横木に首を吊っていたのでした。

僕は大急ぎで、窓から首を引（ひっ）こめました。僕自身妖術にかかっては大変だと思ったのかも知れません。ところが、その時です。首を引こめようとして、ヒョイと向側を見ると、そこの、同じ様にあけはなされた窓から、真黒な四角な穴から、人間の顔が覗いていたではありませんか。その顔丈けが月光を受けて、クッキリと浮上っていたのです。月の光の中でさえ、黄色く見える、しぼんだ様な、寧（むし）ろ畸形（きけい）な、いやないやな顔でした。そいつが、じっとこちらを見ていたではありませんか。

僕はギョッとして、一瞬間、立ちすくんでしまいました。余り意外だったからです。なぜといって、まだお話（はなし）しなかったかも知れませんが、その向側のビルディングは、所有者と担保（たんぽ）に取った銀行との間に、もつれた裁判事件が起っていて、其当時は、全く空家になっていたからです。人っ子一人住んでいなかったからです。

真夜半の空家に人がいる。しかも、問題の首吊りの窓の真正面の窓から、黄色い、物の怪（もののけ）の様な顔を覗かせている。ただ事ではありません。若しかしたら、僕は幻を見ているのではないかしら。そして、あの黄色い奴の妖術で、今にも首が吊り度くなるのではないかしら。

ゾーッと、背中に水をあびた様な恐怖を感じながらも、僕は向側の黄色い奴から目を離しませんでした。よく見ると、そいつは痩せ細った、小柄の、五十位の爺さんなのです。爺さんは、じっと僕の方を見ていましたが、やがて、さも意味ありげに、ニヤリと大きく笑ったかと思うと、ふっと窓の闇の中へ見えなくなってしまいました。その笑い顔のいやらしかったこと。まるで相好が変って、顔中が皺くちゃになって、口丈けが、裂ける程、左右に、キューッと伸びたのです」

四

「翌日、同僚や、別のオフィスの小使爺さんなどに尋ねて見ましたが、あの向側のビルディングが空家で、夜は番人さえいないことが明かになりました。やっぱり僕は幻を見たのでしょうか。

三度も続いた、全く理由のない、奇怪千万な自殺事件については、警察でも、一応は取調べましたけれど、自殺ということは、一点の疑いもないのですから、ついそのままになってしまいました。併し僕は理外の理を信じる気にはなれません。あの部屋で寝るものが、揃いも揃って、気違いになったという様な荒唐無稽な解釈では満足が出来ません。あの黄色い奴が曲物だ。あいつが三人の者を殺したのだ。丁度首吊りのあった晩、同じ真向うの窓から、あいつが覗いていた。そして、意味ありげにニヤニヤ笑っていた。そこに何かしら恐ろしい秘密が伏在しているのだ。僕はそう思い込んでしまったのです。

ところが、それから一週間程たって、僕は驚くべき発見をしました。

ある日の事、使いに出た帰りがけ、例の空きビルディングの表側の大通りを歩いていますと、そのビルディングのすぐ隣に、三菱何号館とか云う、古風な煉瓦（れんが）作りの、小型の、長屋風の貸事務所が並んでいるのですが、そのとある一軒の石段をピョイピョイと飛ぶ様に昇って行く、一人の紳士が、僕の注意を惹（ひ）いたのです。

それはモーニングを着た、小柄の、少々猫背（ねこぜ）の、老紳士でしたが、横顔にどこか見覚えがある様な気がしたので、立止って、じっと見ていますと、紳士は事務所の入口で、靴を拭きながら、ヒョイと、僕の方を振り向いたのです。僕はハッとばかり、息が止まる様な驚きを感じました。なぜって、その立派な老紳士が、いつかの晩、空ビルディングの窓から覗いていた、黄色い顔の怪物と、そっくりそのままだったからです。

紳士が事務所の中へ消えてしまってから、そこの金看板（きんかんばん）を見ると、目羅（めら）眼科、医学博士（はかせ）目羅聊斎（りょうさい）と記（しる）してありました。僕はその辺にいた車夫を捉（とら）えて、今入って行ったのが目羅博士その人であることを確めました。

医学博士ともあろう人が、真夜中、空ビルディングに入り込んで、しかも首吊り男を見て、ニヤニヤ笑っていたという、この不可思議な事実を、どう解釈したらよいのでしょう。僕は烈（はげ）しい好奇心を起さないではいられませんでした。それからというもの、僕はそれとなく、出来る丈け多くの人から、目羅聊斎の経歴なり、日常生活なりを聞き出そうと力（つと）めました。

目羅氏は古い博士の癖に、余り世にも知られず、お金儲けも上手でなかったと見え、老年になっても、そんな貸事務所などで開業していた位ですが、非常な変り者で、患者の取扱いなども、いやに不愛想で、時としては気違いめいて見えることさえあるということでした。奥さんも子供もなく、ずっと独身を通して、今も、その事務所を住いに兼用して、そこに寝泊りしているということも分りました。又、彼は非常な読書家で、専門以外の、古めかしい哲学書だとか、心理学や犯罪学などの書物を、沢山持っているという噂も聞き込みました。

『あすこの診察室の奥の部屋にはね、ガラス箱の中に、ありとあらゆる形の義眼が、ズラリと並べてあって、その何百というガラスの目玉が、じっとこちらを睨んでいるのだよ。義眼もあれ丈け並ぶと、実に気味の悪いものだね。それから、眼科にあんなものがどうして必要なのか、骸骨だとか、等身大の蠟人形などが、二つも三つも、ニョキニョキと立っているのだよ』

僕のビルディングのある商人が、目羅氏の診察を受けた時の奇妙な経験を聞かせてくれました。

僕はそれから、暇さえあれば、博士の動静に注意を怠りませんでした。一方、空ビルディングの、例の五階の窓も、時々こちらから覗いて見ましたが、別段変ったこともありません。黄色い顔は一度も現われなかったのです。

どうしても目羅博士が怪しい。あの晩向側の窓から覗いていた黄色い顔は、博士に違いない。だが、どう怪しいのだ。若しあの三度の首吊りが自殺でなくて、目羅博士の企らんだ殺人事件であったと仮定しても、では、なぜ、如何なる手段によって、と考えて見ると、パッタリ行詰まってしまうのです。それでいて、やっぱり目羅博士が、あの事件の加害者の様に思われて仕方がないのです。

毎日毎日僕はそのことばかり考えていました。ある時は、博士の事務所の裏の煉瓦塀によじ昇って、窓越しに、博士の私室を覗いたこともあります。その私室に、例の骸骨だとか、蠟人形だとか、義眼のガラス箱などが置いてあったのです。

でもどうしても分りません。峡谷を隔てた、向側のビルディングから、どうしてこちらの部屋の人間を、自由にすることが出来るのか、分り様がないのです。催眠術？　イヤ、それは駄目です。死という様な重大な暗示は、全く無効だと聞いています。

ところが、最後の首吊りがあってから、半年程たって、やっと僕の疑いを確める機会がやって来ました。例の魔の部屋に借り手がついたのです。借り手は大阪から来た人で、怪しい噂を少しも知りませんでしたし、ビルディングの事務所にしては、少しでも室料の稼ぎになることですから、何も云わないで、貸してしまったのです。まさか、半年もたった今頃、また同じことが繰返されようとは、考えもしなかったのでしょう。

併し、少くも僕丈けは、この借手も、きっと首を吊るに違いないと信じきっていました。そして、どうかして、僕の力で、それを未然に防ぎたいと思ったのです。

その日から、仕事はそっちのけにして、目羅博士の動静ばかりうかがっていました。そして、僕はとうとう、それを嗅ぎつけたのです。博士の秘密を探り出したのです」

五

「大阪の人が引越して来てから、三日目の夕方のこと、博士の事務所を見張っていた僕は、彼が何か人目を忍ぶ様にして、往診の鞄(かばん)も持たず、徒歩で外出するのを見逃がしませんでした。無論(むろん)尾行したのです。すると、博士は意外にも、近くの大ビルディングの中にある、有名な洋服店に入って、沢山の既製品の中から、一着の背広服を選んで買求め、そのまま事務所へ引返しました。

いくらはやらぬ医者だからといって、博士自身がレディメードを着る筈(はず)はありません。といって、書生に着せる服なれば、何も主人の博士が、人目を忍んで買いに行くことはないのです。こいつは変だぞ。一体あの洋服を何に使うのだろう。僕は博士の消えた事務所の入口を、うらめしそうに見守りながら、暫く佇(たたず)んでいましたが、ふと気がついたのは、さっきお話した、裏の塀に昇って、博士の私室を隙見(すきみ)することです。ひょっとしたら、あの部屋で、何かしているのが見られるかも知れない。と思うと、僕はもう、事務所の裏側へ駈け出していました。

塀にのぼって、そっと覗いて見ると、やっぱり博士はその部屋にいたのです。しかも、実に異様な事をやっているのが、ありありと見えたのです。

黄色い顔のお医者さんが、そこで、何をしていたと思います。蠟人形にね、ホラさっきお話した等身大の蠟人形ですよ。あれに、今買って来た洋服を着せていたのです。それを何百というガラスの目玉が、じっと見つめていたのです。

探偵小説家のあなたには、ここまで云えば、何もかもお分りになったことでしょうね。僕もその時、ハッと気がついたのです。そして、その老医学者の余りにも奇怪な着想に、驚嘆してしまったのです。

蠟人形に着せられた既製洋服は、なんと、あなた、色合から縞柄(しまがら)まで、例の魔の部屋の新しい借手の洋服と、寸分違わなかったではありませんか。博士はそれを、沢山の既製品の中から探し出して、買って来たのです。

もうぐずぐずしてはいられません。丁度月夜の時分でしたから、今夜にも、あの恐ろしい椿事が起るかも知れません。何とかしなければ、何とかしなければ。僕は地だんだを踏む様にして、頭の中を探し廻りました。そして、ハッと、我ながら驚く程の、すばらしい手段を思いついたのです。あなたもきっと、それをお話ししたら、手を打って感心して下さるでしょうと思います。

僕はすっかり準備をととのえて夜になるのを待ち、大きな風呂敷包みを抱えて、魔の部屋へと上って行きました。新来の借手は、夕方には自宅へ帰ってしまうので、ドアに鍵がかかっていましたが、用意の合鍵でそれを開けて、部屋に入り、机によって、夜の仕事に取りかかる風を装いました。例の青い傘の卓上電燈が、その部屋の借手になりすました私の姿を照らしています。服は、その人のものとよく似た縞柄のを、同僚の一人が持っていましたので、僕はそれを借りて着込んでいたのです。髪の分け方なども、その人に見える様に注意したことは云うまでもありません。そして、例の窓に背中を向けてじっとしていました。

云うまでもなく、それは、向うの窓の黄色い顔の奴に、僕がそこにいることを知らせる為ですが、僕の方からは、決してうしろを振向かぬ様にして、相手に存分隙を与える工風をしました。

三時間もそうしていたでしょうか。果して僕の想像が的中するかしら。そして、こちらの計画がうまく奏効するだろうか。実に待遠しい、ドキドキする三時間でした。もう振向こうか、もう振向こうかと、辛抱がし切れなくなって、幾度頸を廻しかけたか知れません。が、とうとうその時機が来たのです。

腕時計が十時十分を指していました。ホウ、ホウと二声、梟の鳴声が聞えたのです。ハハア、これが合図だな、梟の鳴声で、窓の外を覗かせる工夫（くふう）だな。丸の内の真中で梟の声がすれば、誰しもちょっと覗いて見たくなるだろうからな。と悟ると、僕はもう躊躇（ちゅうちょ）せず、椅子（いす）を立って、窓際へ近寄りガラス戸を開きました。

　向側の建物は、一杯に月の光をあびて、銀鼠色（ぎんねずいろ）に輝いていました。前にお話しした通り、それがこちらの建物と、そっくりそのままの構造なのです。何という変な気持でしょう。こうしてお話ししたのでは、とても、あの気違いめいた気持は分りません。突然、眼界一杯の、べら棒に大きな、鏡の壁が出来た感じです。その鏡に、こちらの建物が、そのまま写っている感じです。構造の相似の上に、月光の妖術が加わって、そんな風に見せるのです。

　僕の立っている窓は、真正面に見えています。ガラス戸の開（あい）ているのも同じです。それから、僕自身は……オヤ、この鏡は変だぞ。僕の姿丈け、のけものにして、写してくれないのかしら。……ふとそんな気持になるのです。ならないではいられぬのです。そこに身の毛もよだつ陥穽（かんせい）があるのです。

　ハテナ、俺はどこに行ったのかしら。確かにこうして、窓際に立っている筈だが。キョロキョロと向うの窓を探します。探さないではいられぬのです。

　すると、僕は、ハッと、僕自身の影を発見します。併し、窓の中ではありません。外の壁の上にです。電線用の横木から、細引でぶら下った自分自身をです。

『アア、そうだったか。俺はあすこにいたのだった』

　こんな風に話すと、滑稽（こっけい）に聞えるかも知れませんね。あの気持は口では云えません。悪夢です。そうです。悪夢の中で、そうする積（つも）りはないのに、ついそうなってしまう、あの気持です。鏡を見ていて、自分は目を開いているのに、鏡の中の自分が、目をとじていたとしたら、どうでしょう。自分も同じ様に目をとじないではいられなくなるのではありませんか。で、つまり鏡の影と一致させる為に、僕は首を吊らずにはいられなくなるのです。向側では自分自身が首を吊っている。それに、本当の自分が、安閑と立ってなぞいられないのです。首吊りの姿が、少しも怖しくも醜くも見えないのです。ただ美しいのです。絵なのです。自分もその美しい絵になり度い衝動を感じるのです。

若し月光の妖術の助けがなかったら、目羅博士の、この幻怪なトリックは、全く無力であったかも知れません。

無論お分りのことと思いますが、博士のトリックというのは、例の蠟人形に、こちらの部屋の住人と同じ洋服を着せて、こちらの電線横木と同じ場所に木切れをとりつけ、そこへ細引でブランコをさせて見せるという、簡単な事柄に過ぎなかったのです。

全く同じ構造の建物と、妖しい月光とが、それにすばらしい効果を与えたのです。

このトリックの恐ろしさは、予めそれを知っていた僕でさえ、うっかり窓枠へ片足をかけて、ハッと気がついた程でした。

僕は麻酔から醒める時と同じ、あの恐ろしい苦悶と戦いながら、用意の風呂敷包みを開いて、じっと向うの窓を見つめてました。

何と待遠しい数秒間――だが、僕の予想は的中しました。僕の様子を見る為めに、向うの窓から、例の黄色い顔が、即ち目羅博士が、ヒョイと覗いたのです。

待ち構えていた僕です。その一刹那(せつな)を捉えないでどうするものですか。

風呂敷の中の物体を、両手で抱き上げて、窓枠の上へ、チョコンと腰かけさせました。

それが何であったか、ご存じですか。やっぱり蠟人形なのですよ。僕は、例の洋服屋からマネキン人形を借り出して来たのです。

それに、モーニングを着せて置いたのです。目羅博士が常用しているのと、同じ様な奴をね。

その時月光は谷底近くまでさし込んでいましたので、その反射で、こちらの窓も、ほの白く、物の姿はハッキリ見えたのです。

僕は果し合いの様な気持で、向うの窓の怪物を見つめていました。畜生(ちくしょう)、これでもか、これでもかと、心の中でりきみながら。

するとどうでしょう。人間はやっぱり、猿と同じ宿命を、神様から授かっていたのです。

目羅博士は、彼自身が考え出したトリックと、同じ手にかかってしまったのです。小柄の老人は、みじめにも、ヨチヨチと窓枠をまたいで、こちらのマネキンと同じ様に、そこへ腰かけたではありませんか。

僕は人形使いでした。

マネキンのうしろに立って、手を上げれば、向うの博士も手を上げました。

足を振れば、博士も振りました。

そして、次に、僕が何をしたと思います。

ハハハ……、人殺しをしたのですよ。

窓枠に腰かけているマネキンを、うしろから、力一杯つきとばしたのです。人形はカランと音を立てて、窓の外へ消えました。と殆ど同時に、向側の窓からも、こちらの影の様に、モーニング姿の老人が、スーッと風を切って、遙かの遙かの谷底へと、墜落して行ったのです。

そして、クシャッという、物をつぶす様な音が、幽かに聞えて来ました。

……………目羅博士は死んだのです。

僕は、嘗ての夜、黄色い顔が笑った様な、あの醜い笑いを笑いながら、右手に握っていた紐を、たぐりよせました。スルスルと、紐について、借り物のマネキン人形が、窓枠を越して、部屋の中へ帰って来ました。

それを下へ落してしまって、殺人の嫌疑をかけられては大変ですからね」

語り終って、青年は、その黄色い顔の博士の様に、ゾッとする微笑を浮べて、私をジロジロと眺めた。

「目羅博士の殺人の動機ですか。それは探偵小説家のあなたには、申し上げるまでもないことです。何の動機がなくても、人は殺人の為に殺人を犯すものだということを、知り抜いていらっしゃるあなたにはね」

青年はそう云いながら、立上って、私の引留める声も聞えぬ顔に、サッサと向うへ歩いて行ってしまった。

私は、もやの中へ消えて行く、彼のうしろ姿を見送りながら、さんさんと降りそそぐ月光をあびて、ボンヤリと捨石に腰かけたまま動かなかった。

青年と出会ったことも、彼の物語も、はては青年その人さえも、彼の所謂「月光の妖術」が生み出した、あやしき幻ではなかったのかと、あやしみながら。

芋虫

時子は、母屋にいとまを告げて、もう薄暗くなった、雑草のしげるにまかせ、荒れはてた広い庭を、彼女たち夫婦の住まいである離れ座敷の方へ歩きながら、いましがたも、母屋の主人の予備少将から言われた、いつものきまりきった褒め言葉を、まことに変てこな気持で、彼女のいちばん嫌いな茄子の鴫焼を、ぐにゃりと噛んだあとの味で、思い出していた。

「須永中尉（予備少将は、今でも、あの人間だかなんだかわからないような廃兵を、滑稽にも、昔のいかめしい肩書で呼ぶのである）の忠烈は、いうまでもなくわが陸軍の誇りじゃが、それはもう、世に知れ渡っておることだ。だが、お前さんの貞節、あの廃人を三年の年月、少しだって厭な顔を見せるではなく、自分の欲をすっかり捨ててしまって、親切に世話をしている。女房として当たり前のことだと言ってしまえば、それまでじゃが、できないことだ。わしは、まったく感心していますよ。今の世の美談だと思っていますよ。だが、まだまだ先の長い話じゃ。どうか気を変えないで面倒を見て上げてくださいよ」

鷲尾老少将は、顔を合わせるたびごとに、それをちょっとでも言わないでは気がすまぬというように、きまりきって、彼の昔の部下であった、そして今では彼の厄介者であるところの、須永廃中尉とその妻を褒めちぎるのであった。時子は、それを聞くのが、今言った茄子の鴫焼の味だものだから、なるべく主人の老少将に会わぬよう、留守をうかがっては、それでも終日物も言わぬ不具者と差向かいでばかりいることもできぬので、奥さんや娘さんの所へ、話込みに行き行きするのであった。

もっとも、この褒め言葉も、最初のあいだは、彼女の犠牲的精神、彼女の稀なる貞節にふさわしく、いうにいわれぬ誇らしい快感をもって、時子の心臓をくすぐったのであるが、このごろでは、それを以前のように素直には受け容れかねた。というよりは、この褒め言葉が恐ろしくさえなっていた。それをいわれるたびに、彼女は「お前は貞節の美名に隠れて、世にも恐ろしい罪悪を犯しているのだ」と、真向(まっこう)から人差指を突きつけて、責められてでもいるように、ゾッと恐ろしくなるのであった。

考えてみると、われながらこうも人間の気持が変わるものかと思うほど、ひどい変わりかたであった。はじめのほどは、世間知らずで、内気者で、文字どおり貞節な妻でしかなかった彼女が、今では、外見はともあれ、心のうちには、身の毛もよだつ情欲の鬼が巣を食って、哀れな片輪者（片輪者という言葉では不充分なほどの無残な片輪者であった）の亭主を――かつては忠勇なる国家の干城(かんじょう)であった人物を、何か彼女の情欲を満たすだけのために、飼ってあるけだものでもあるように、或(ある)いは一種の道具ででもあるように、思いなすほどに変わり果てているのだ。

このみだらがましい鬼めは、全体どこから来たものであろう。あの黄色い肉のかたまりの、不可思議な魅力がさせるわざか（事実彼女の夫の須永中尉は、ひとかたまりの黄色い肉塊でしかなかった。そして、それは畸形なコマのように、彼女の情欲をそそるものでしかなかった）、それとも、三十歳の彼女の肉体に満ちあふれた、えたいの知れぬ力のさせるわざであったか。おそらくその両方であったのかもしれないのだが。

鷲尾老人から何かいわれるたびに、時子はこのごろめっきり脂ぎってきた彼女の肉体なり、他人にもおそらく感じられるであろう彼女の体臭なりを、はなはだうしろめたく思わないではいられなかった。

「私はまあ、どうしてこうも、まるでばかかなんぞのようにデブデブ肥(こ)え太るのだろう」

その癖(くせ)、顔色なんかいやに青ざめているのだけれど。老少将は、彼の例の褒め言葉を並べながら、いつも、ややいぶかしげに彼女のデブデブと脂ぎったからだつきを眺めるのを常としたが、もしかすると、時子が老少将をいとう最大の原因は、この点にあったのかもしれないのである。

片田舎のことで、母屋と離れ座敷のあいだは、ほとんど半丁も隔たっていた。そのあいだは、道もないひどい草原で、ともすればガサガサと音を立てて青大将が這い出してきたり、少し足を踏み違えると、草に覆われた古井戸が危なかったりした。広い屋敷のまわりには、形ばかりの不揃いな生垣がめぐらしてあって、そのそとは田や畑が打ちつづき、遠くの八幡神社の森を背景にして、彼女らの住まいである二階建ての離れ家が、そこに、黒く、ぽつんと立っていた。

空には一つ二つ星がまたたきはじめていた。もう部屋の中は、まっ暗になっていることであろう。彼女がつけてやらねば、彼女の夫にはランプをつける力もないのだから、かの肉塊は、闇の中で、坐椅子にもたれて、或いは椅子からずっこけて、畳の上にころがりながら、眼ばかりパチパチ瞬いていることであろう。可哀そうに、それを考えると、いまわしさ、みじめさ、悲しさが、しかし、どこかに幾分センシュアルな感情をまじえて、ゾッと彼女の背筋を襲うのであった。

近づくにしたがって、二階の窓の障子が、何かを象徴しているふうで、ポッカリとまっ黒な口をあいているのが見え、そこから、トントントンと、例の畳を叩く鈍い音が聞えてきた。「ああ、またやっている」と思うと、彼女は瞼が熱くなるほど、可哀そうな気がした。それは不自由な彼女の夫が、仰向きに寝ころがって、普通の人間が手を叩いて人を呼ぶ仕草の代りに、頭でトントントンと畳を叩いて、彼の唯一の伴侶である時子を、せっかちに呼び立てていたのである。

「いま行きますよ。おなかがすいたのでしょう」

時子は、相手に聞こえぬことはわかっていても、いつもの癖で、そんなことを言いながら、あわてて台所口に駈け込み、すぐそこの梯子段を上がって行った。

六畳ひと間の二階に、形ばかりの床の間がついていて、そこの隅に台ランプとマッチが置いてある。彼女はちょうど母親が乳呑み児に言う調子で、絶えず「待ち遠だったでしょうね。すまなかったわね」だとか「今よ、今よ、そんなにいっても、まっ暗でどうすることもできやしないわ。今ランプをつけますからね。もう少しよ。もう少しよ」だとか、いろんな独り言を言いながら（というのは、彼女の夫は少しも耳が聞こえなかったので）、ランプをともして、それを部屋の一方の机のそばへ運ぶのであった。

その机の前には、メリンス友禅の蒲団をくりつけた、新案特許なんとか式坐椅子というものが置いてあったが、その上は空っぽで、そこからずっと離れた畳の上に、一種異様の物体がころがっていた。その物は、古びた大島銘仙の着物を着ているにはちがいないのだが、それは、着ているというよりも、包まれているといった方が、或いはそこに大島銘仙の大きな風呂敷包みがほうり出してあるといった方が当たっているような、まことに変てこな感じのものであった。そして、その風呂敷包みの隅から、にゅっと人間の首が突き出ていて、それが、米搗きばったみたいに、或いは奇妙な自動器械のように、トントン、トントンと畳を叩いているのだ。叩くにしたがって、大きな風呂敷包みが、反動で、少しずつ位置を変えているのだ。

「そんなに癇癪起こすもんじゃないわ、なんですのよ？　これ？」

時子は、そう言って、手でご飯をたべるまねをして見せた。

「そうでもないの。じゃあ、これ？」

彼女はもうひとつの或る恰好をして見せた。しかし、口の利けない彼女の夫は、一々首を横に振って、またしても、やけにトントン、トントンと畳に頭をぶっつけている。砲弾の破片のために、顔全体が見る影もなくそこなわれていた。左の耳たぶはまるでとれてしまって、小さな黒い穴が、わずかにその痕跡を残しているにすぎず、同じく左の口辺から頬の上を斜めに眼の下のところまで、縫い合わせたような大きなひっつりができている。右のこめかみから頭部にかけて、醜い傷痕が這い上がっている。喉のところがグイと抉ったように窪んで、鼻も口も元の形をとどめてはいない。そのまるでお化けみたいな顔面のうちで、わずかに完全なのは、周囲の醜さに引きかえて、こればかりは無心の子供のそれのように、涼しくつぶらな両眼であったが、それが今、パチパチといらだたしく瞬いているのであった。

「じゃあ、話があるのね。待ってらっしゃいね」

彼女は机の引出しから雑記帳と鉛筆を取り出し、鉛筆を片輪者のゆがんだ口にくわえさせ、そのそばへひらいた雑記帳を持って行った。彼女の夫は口を利くこともできなければ、筆を持つ手足もなかったからである。

「オレガイヤニナッタカ」

廃人は、ちょうど大道の因果者がするように、女房の差し出す雑記帳の上に、口で文字を書いた。長いあいだかかって、非常に判りにくい片仮名を並べた。

「ホホホホホ、またやいているのね。そうじゃない。そうじゃない」

彼女は笑いながら強く首を振って見せた。

だが廃人は、またせっかちに頭を畳にぶっつけはじめたので、時子は彼の意を察して、もう一度雑記

帳を相手の口の所へ持って行った。すると、鉛筆がおぼつかなく動いて、

「ドコニイタ」

としるされた。それを見るやいなや、時子は邪慳に廃人の口から鉛筆を引ったくって、帳面の余白へ

「鷲尾サンノトコロ」と書いて、相手の眼の先へ、押しつけるようにした。

「わかっているじゃないの。ほかに行くところがあるもんですか」

廃人はさらに雑記帳を要求して、

「三ジカン」

と書いた。

「三時間も独りぼっちで待っていたというの。わるかったわね」彼女はそこですまぬような表情になってお辞儀をして見せ、「もう行かない。もう行かない」と言いながら手を振って見せた。

風呂敷包みのような須永廃中尉は、むろんまだ言い足りぬ様子であったが、口書きの芸当が面倒くさくなったとみえて、ぐったりと頭を動かさなくなった。そのかわりに、大きな両眼に、あらゆる意味をこめて、まじまじと時子の顔を見つめているのだ。

時子は、こういう場合、夫の機嫌をなおす唯一の方法をわきまえていた。言葉が通じないのだから、細かい言いわけをすることはできなかったし、言葉のほかではもっとも雄弁に心中を語っているはずの、微妙な眼の色などは、いくらか頭の鈍くなった夫には通用しなかった。そこで、いつもこうした奇妙な痴話喧嘩の末には、お互にもどかしくなってしまって、もっとも手っ取り早い和解の手段をとることになっていた。

彼女はいきなり夫の上にかがみ込んで、ゆがんだ口の、ぬめぬめと光沢のある大きなひっつりの上に、接吻の雨をそそぐのであった。すると、廃人の眼にやっと安堵の色が現われ、ゆがんだ口辺に、泣いているかと思われる醜い笑いが浮んだ。時子は、いつもの癖で、それを見ても、彼女の物狂わしい接吻をやめなかった。それは、ひとつには相手の醜さを忘れて、彼女自身を無理から甘い興奮に誘うためでもあったけれど、またひとつには、このまったく起ち居の自由を失った哀れな片輪者を、勝手気ままにいじめつけてやりたいという、不思議な気持も手伝っていた。

だが、廃人の方では、彼女の過分の好意に面くらって、息もつけぬ苦しさに、身をもだえ、醜い顔を不思議にゆがめて、苦悶している。それを見ると、時子は、いつもの通り、ある感情がウズウズと、身内に湧き起こってくるのを感じるのだった。

彼女は、狂気のようになって、廃人にいどみかかって行き、大島銘仙の風呂敷包みを、引きちぎるように剥ぎとってしまった。すると、その中から、なんともえたいの知れぬ肉塊がころがり出してきた。

このような姿になって、どうして命をとり止めることができたかと、当時医学界を騒がせ、新聞が未曾有の奇談として書き立てたとおり、須永廃中尉のからだは、まるで手足のもげた人形みたいに、これ以上毀れようがないほど、無残に、無気味に傷つけられていた。両手両足は、ほとんど根もとから切断され、わずかにふくれ上がった肉塊となって、その痕跡を留めているにすぎないし、その胴体ばかりの化物のような全身にも、顔面をはじめとして大小無数の傷あとが光っているのだ。

まことに無残なことであったが、彼のからだはそんなになっても、不思議と栄養がよく、かたわなりに健康を保っていた（鷲尾老少将は、それを時子の親身の介抱の功に帰して、例の褒め言葉のうちにも、そのことを加えるのを忘れなかった）。ほかに楽しみとてはなく、食欲の烈しいせいか、腹部が艶々とはち切れそうにふくれ上がって、胴体ばかりの全身のうちでも殊にその部分が目立っていた。

それはまるで、大きな黄色の芋虫であった。或いは時子がいつも心の中で形容していたように、いとも奇怪な、畸形な肉ゴマであった。それは、ある場合には、手足の名残の四つの肉のかたまりを（それらの尖端には、ちょうど手提袋のように、四方から表皮が引き締められて、深い皺を作り、その中心にぽっつりと、無気味な小さい窪みができているのだが）その肉の突起物を、まるで芋虫の足のように、異様に震わせて、臀部を中心にして、頭と肩とで、ほんとうにコマと同じに、畳の上をクルクルと廻るのであったから。

　今、時子のためにはだかにむかれた廃人は、それには別段抵抗するのではなく、何事かを予期しているもののように、じっと上眼使いに、彼の頭のところにうずくまっている時子の、餌物を狙うけだもののような、異様に細められた眼と、やや堅くなった、きめのこまかい二重顎を、眺めていた。

　時子は、片輪者の、その眼つきの意味を読むことができた。それは今のような場合には、彼女がもう一歩進めば、なくなってしまうものであったが、たとえば彼女が彼のそばで針仕事をしていると、片輪者が所在なさに、じっとひとつ空間を見つめているような時、この眼色はいっそう深みを加えて、あの苦悶を現わすのであった。

　視覚と触覚のほかの五官をことごとく失ってしまった廃人は、生来読書欲など持ち合わせなかった猪武者であったが、それが衝撃のために頭が鈍くなってからは、いっそう文字と絶縁してしまって、今はただ、動物と同様に物質的な欲望のほかにはなんの慰さむるところもない身の上であった。だが、そのまるで暗黒地獄のようなドロドロの生活のうちにも、ふと、常人であったころ教え込まれた軍隊式な倫理観が、彼の鈍い頭をもかすめ通ることがあって、それと、片輪者であるがゆえにいっそう敏感になった情欲とが、彼の心中でたたかい、彼の眼に不思議な苦悶の影をやどすものに違いない。時子はそんなふうに解釈していた。

時子は、無力な者の眼に浮ぶ、おどおどした苦悶の表情を見ることは、そんなに嫌いではなかった。彼女は一方ではひどい泣き虫の癖に、妙に弱い者いじめの嗜好を持っていたのだ。それに、この哀れな片輪者の苦悶は、彼女の飽くことのない刺戟物でさえあった。今も彼女は相手の心持をいたわるどころではなく、反対に、のしかかるように、異常に敏感になっている不具者の情欲に迫まって行くのであった。

えたいのしれぬ悪夢にうなされて、ひどい叫び声を立てたかと思うと、時子はびっしょり寝汗をかいて眼をさました。

枕元のランプのホヤに妙な形の油煙がたまって、細めた芯がジジジジジと鳴いていた。部屋の中が、天井も壁も変に橙色に霞んで見え、隣に寝ている夫の顔が、ひっつりのところが灯影に反射して、やっぱり橙色にテラテラと光っている。今の唸り声が聞こえたはずもないのだけれど、彼の両眼はパッチリとひらいて、じっと天井を見つめていた。机の上の枕時計を見ると、一時を少し過ぎていた。

おそらくそれが悪夢の原因をなしたのであろうけれど、時子は眼がさめるとすぐ、からだに或る不快をおぼえたが、やや寝ぼけた形で、その不快をはっきり感じる前に、なんだか変だとは思いながら、ふと、別の事を、さいぜんの異様な遊戯の有様を幻のように眼に浮べていた。そこには、キリキリと廻る、生きたコマのような肉塊があった。そして、肥え太って、脂ぎった三十女のぶざまなからだがあった。それがまるで地獄絵みたいに、もつれ合っているのだ。なんといういまわしさ、醜さであろう。だが、そのいまわしさ、醜さが、どんなほかの対象よりも、麻薬のように彼女の情欲をそそり、彼女の神経をしびれさせる力をもっていようとは、三十年の半生を通じて、彼女のかつて想像だもしなかったところである。

「アーア、アーア」

時子はじっと彼女の胸を抱きしめながら、咏嘆(ためいき)ともうめきともつかぬ声を立てて、毀(こわ)れかかった人形のような、夫の寝姿を眺めるのであった。

この時、彼女ははじめて、眼ざめてからの肉体的な不快の原因を悟(さと)った。そして「いつもとは少し早過ぎるようだ」と思いながら、床(とこ)を出て、梯子段を降りて行った。

再び床にはいって、夫の顔を眺めると、彼は依然(いぜん)として、彼女の方をふり向きもしないで、天井を見入っているのだ。

「また考えているのだわ」

眼のほかには、なんの意志を発表する器官をも持たない一人の人間が、じっとひとつ所を見据(みす)えている様子は、こんな真夜中などには、ふと彼女に無気味な感じを与えた。どうせ鈍くなった頭だとは思いながらも、このような極端な不具者の頭の中には、彼女たちとは違った、もっと別の世界がひらけてきているのかもしれない。彼は、今その別世界を、ああしてさまよっているのかもしれない、などと考えると、ぞっとした。

彼女は眼がさえて眠れなかった。頭の芯に、ドドドドドと音を立てて、焔が渦まいているような感じがしていた。そして、無闇と、いろいろな妄想が浮かんでは消えた。その中には、彼女の生活をこのように一変させてしまったところの、三年以前の出来事が織り混ぜられていた。

夫が負傷して内地に送り帰されるという報知を受け取った時には、先ず戦死でなくてよかったと思った。その頃はまだつき合っていた同僚の奥様たちから、あなたはお仕合わせだとうらやまれさえした。間もなく新聞に夫の華々しい戦功が書き立てられた。同時に、夫の負傷の程度が可なり甚だしいものであることを知ったけれど、むろんこれほどのこととは想像もしていなかった。

彼女は衛戍病院へ夫に会いに行った時のことを、おそらく一生涯忘れないであろう。まっ白なシーツの中から、無残に傷ついた夫の顔が、ボンヤリと彼女の方を眺めていた。医員に、むずかしい術語のまじった言葉で、負傷のために耳が聞こえなくなり、発声機能に妙な故障を生じて、口さえきけなくなっていると聞かされた時、すでに彼女は眼をまっ赤にして、しきりに鼻をかんでいた。そのあとに、どんな恐ろしいものが待ち構えているかも知らないで。

いかめしい医員であったが、さすがに気の毒そうな顔をして、「驚いてはいけませんよ」と言いながら、そっと白いシーツをまくって見せてくれた。そこには、悪夢の中のお化みたいに、手のあるべき所に手が、足のあるべき所に足が、まったく見えないで、包帯のために丸くなった胴体ばかりが無気味に横たわっていた。それはまるで生命のない石膏細工の胸像をベッドに横たえた感じであった。

彼女はクラクラッと目まいのようなものを感じて、ベッドの脚のところへうずくまってしまった。ほんとうに悲しくなって、人目もかまわず、声を上げて泣き出したのは、医員や看護婦に別室へ連れてこられてからであった。彼女はそこの薄よごれたテーブルの上に、長いあいだ泣き伏していた。

「ほんとうに奇蹟ですよ。両手両足を失った負傷者は須永中尉ばかりではありませんが、みな生命を取りとめることはできなかったのです。実に奇蹟です。これはまったく軍医正殿と北村博士の驚くべき技術の結果なのですよ、おそらくどの国の衛戍病院にも、こんな実例はありますまいよ」

医員は、泣き伏した時子の耳元で、慰めるように、そんなことを言っていた。「奇蹟」という喜んでいいのか悲しんでいいのかわからない言葉が、幾度も幾度も繰り返された。

新聞紙が須永鬼中尉の赫々たる武勲はもちろん、この外科医術上の奇蹟的事実について書き立てたことは言うまでもなかった。

夢のまに半年ばかり過ぎ去ってしまった。上官や同僚の軍人たちがつき添って、須永の生きたむくろが家に運ばれると、ほとんど同時ぐらいに、彼の四肢の代償として、功五級の金鵄勲章が授けられた。時子が不具者の介抱に涙を流している時、世の中は凱旋祝いで大騒ぎをやっていた。彼女のところへも、親戚や知人や町内の人々から、名誉、名誉という言葉が、雨のように降り込んできた。

間もなく、わずかの年金では暮らしのおぼつかなかった彼女たちは、戦地での上長官であった鷲尾少将の好意にあまえて、その邸内の離れ座敷を無賃で貸してもらって住むことになった。田舎にひっこんだせいもあったけれど、その頃から、彼女たちの生活はガラリと淋しいものになってしまった。凱旋騒ぎの熱がさめて、世間も淋しくなっていた。もう誰も以前のようには彼女たちを見舞わなくなった。月日がたつにつれて、戦捷の興奮もしずまり、それにつれて、戦争の功労者たちへの感謝の情もうすらいで行った。須永中尉のことなど、もう誰も口にするものはなかった。

夫の親戚たちも、不具者を気味わるがってか、物質的な援助を恐れてか、ほとんど、彼女の家に足踏みしなくなった。彼女のがわにも、両親はなく、兄妹たちは皆薄情者(はくじょうもの)であった。哀れな不具者とその貞節な妻は、世間から切り離されたように、田舎の一軒家でポッツリと生存していた。そこの二階の六畳は、二人にとって唯一の世界であった。しかも、その一人は耳も聞えず、口もきけず、起ち居もまったく不自由な土人形のような人間であったのだ。

廃人は、別世界の人類が突然この世にほうり出されたように、まるで違ってしまった生活様式に面くらっているらしく、健康を回復してからでも、しばらくのあいだは、ボンヤリしたまま身動きもせず仰臥(ぎょうが)していた。そして時をかまわず、ウトウトと睡(ねむ)っていた。

時子の思いつきで、鉛筆の口書きによる会話を取りかわすようになった時、先ず第一に、廃人がそこに書いた言葉は「シンブン」「クンショウ」の二つであった。「シンブン」というのは、彼の武勲を大きく書き立てた戦争当時の新聞記事の切抜きのことで、「クンショウ」というのは言うまでもなく例の金鵄勲章のことであった。彼が意識を取り戻した時、鷲尾少将が第一番に彼の眼の先につきつけたものは、その二た品であったが、廃人はそれをよく覚えていたのだ。

廃人はたびたび同じ言葉を書いて、その二た品を要求し、時子がそれを彼の前で持っていてやると、いつまでもいつまでも、眺めつくしていた。彼が新聞記事を繰り返し読む時などは、時子は手のしびれてくるのを我慢しながら、なんだかばかばかしいような気持で、夫のさも満足そうな眼つきを眺めていた。

だが、彼女が「名誉」を軽蔑(けいべつ)しはじめたよりはずいぶん遅れてではあったけれど、廃人もまた「名誉」

に飽き飽きしてしまったように見えた。彼はもう以前みたいに、かの二た品を要求しなくなった。そして、あとに残ったものは、不具者なるが故に病的に烈しい、肉体上の欲望ばかりであった。彼は回復期の胃腸病患者みたいに、ガツガツと食物を要求し、時を選ばず彼女の肉体を要求した。時子がそれに応じない時には、彼は偉大なる肉ゴマとなって気ちがいのように畳の上を這いまわった。

　時子は最初のあいだ、それがなんだか空恐ろしく、いとわしかったが、やがて、月日がたつにしたがって、彼女もまた、徐々に肉欲の餓鬼となりはてて行った。野中の一軒家にとじこめられ、行末になんの望みも失った、ほとんど無智と言ってもよかった二人の男女にとっては、それが生活のすべてであった。動物園の檻の中で一生を暮らす二匹のけだもののように。

　そんなふうであったから、時子が彼女の夫を、思うがままに自由自在にもてあそぶことのできる、一個の大きな玩具と見なすに至ったのは、まことに当然であった。また、不具者の恥知らずな行為に感化された彼女が、常人に比べてさえ丈夫々していた彼女が、今では不具者を困らせるほども、飽くなきものとなり果てたのも、至極当たり前のことであった。

　彼女は時々気ちがいになるのではないかと思った。自分のどこに、こんないまわしい感情がひそんでいたのかと、あきれ果てて身ぶるいすることがあった。

　物もいえないし、こちらの言葉も聞こえない、自分では自由に動くことさえできない、この奇しく哀れな一個の道具が、決して木や土でできたものではなく、喜怒哀楽を持った生きものであるという点が、限りなき魅力となった。その上、たったひとつの表情器官であるつぶらな両眼が、彼女の飽くなき要求に対して、或る時はさも悲しげに、或る時はさも腹立たしげに物をいう。しかも、いくら悲しくとも、涙を流すほかには、なんのすべもなく、いくら腹立たしくとも、彼女を威嚇（いかく）する腕力もなく、ついには彼女の圧倒的な誘惑に耐えかねて、彼もまた異常な病的興奮におちいってしまうのだが、このまったく無力な生きものを、相手の意にさからって責めさいなむことが、彼女にとっては、もうこの上もない愉悦とさえなっていたのである。

時子のふさいだまぶたの中には、それらの三年間の出来事が、激情的な場面だけが、切れぎれに、次から次と二重にも三重にもなって、現われては消えて行くのだった。この切れぎれの記憶が、非常な鮮やかさで、まぶたの内がわに映画のように現われたり消えたりするのは、彼女のからだに異状があるごとに、必ず起こる現象であった。そして、この現象が起こる時には、きっと、彼女の野性がいっそうあらあらしくなり、気の毒な不具者を責めさいなむことがいっそう烈しくなるのを常とした。彼女自身それを意識さえしているのだけれど、身内に湧き上がる兇暴な力は、彼女の意志をもってしては、どうすることもできないのであった。

ふと気がつくと、部屋の中が、ちょうど彼女の幻と同じに、もやに包まれたように暗くなって行く感じがした。幻のそとに、もうひとつ幻があって、そのそとの方の幻が、今消えて行こうとしているような気持であった。それが神経のたかぶった彼女を怖がらせ、ハッと胸の鼓動が烈しくなった。だが、よく考えてみると、なんでもないことだった。彼女は蒲団から乗り出して、枕もとのランプの芯をひねった。さっき細めておいた芯が尽きて、ともし火が消えかかっていたのである。

部屋の中がパッと明かるくなった。だが、それがやっぱり橙色にかすんでいるのが、少しばかり変な感じであった。時子はその光線で、思い出したように夫の寝顔を覗いて見た。彼は依然として、少しも形を変えないで、天井の同じ所を見つめている。

「まあ、いつまで考えごとをしているのだろう」

彼女はいくらか、無気味でもあったが、それよりも、見る影もない片輪者のくせに、ひとりで仔細らしく物思いに耽っている様子が、ひどく憎々しく思われた。そして、またしても、むず痒く、例の残虐性が彼女の身内に湧き起こってくるのだった。

彼女は、非常に突然、夫の蒲団の上に飛びかかって行った。そしていきなり、相手の肩を抱いて、烈しくゆすぶりはじめた。

あまりにそれが唐突であったものだから、廃人はからだ全体で、ピクンと驚いた。そして、その次には、強い叱責のまなざしで、彼女を睨みつけるのであった。

「怒ったの？　なんだい、その眼」

時子はそんなことをどなりながら、夫にいどみかかって行った。わざと相手の眼を見ないようにして、いつもの遊戯を求めて行った。

「怒ったってだめよ。あんたは、私の思うままなんだもの」

だが、彼女がどんな手段をつくしても、その時に限って、廃人はいつものように彼の方から妥協してくる様子はなかった。さっきから、じっと天井を見つめて考えていたことがそれであったのか、または単に女房のえて勝手な振舞いが癇にさわったのか、いつまでもいつまでも、大きな眼を飛び出すばかりにいからして、刺すように時子の顔を見据えていた。

「なんだい、こんな眼」

彼女は叫びながら、両手を、相手の眼に当てがった。そして、「なんだい」「なんだい」と気ちがいみたいに叫びつづけた。病的な興奮が、彼女を無感覚にした。両手の指にどれほどの力が加わったかさえ、ほとんど意識していなかった。

ハッと夢からさめたように、気がつくと、彼女の下で、廃人が躍(おど)り狂っていた。胴体だけとはいえ、非常な力で、死にもの狂いに躍るものだから、重い彼女がはね飛ばされたほどであった。不思議なことには、廃人の両眼からまっ赤な血が吹き出して、ひっつりの顔全体が、ゆでだこみたいに上気していた。

時子はその時、すべてをハッキリ意識した。彼女は無残にも、彼女の夫のたったひとつ残っていた、外界への窓を、夢中に傷つけてしまったのである。

だが、それは決して夢中の過失とは言いきれなかった。彼女自身それを知っていた。いちばんハッキリしているのは、彼女は夫の物言う両眼を、彼らが安易なけだものになりきるのに、はなはだしく邪魔(じゃま)っけだと感じていたことだ。時たまそこに浮かび上がってくる正義の観念ともいうべきものを、憎々しく感じていたことだ。のみならず、その眼のうちには、憎々しく邪魔っけであるばかりでなく、もっと別なもの、もっと無気味で恐ろしい何物かさえ感じられたのである。

しかし、それは嘘(うそ)だ。彼女の心の奥の奥には、もっと違った、もっと恐ろしい考えが存在していなかったであろうか。彼女は、彼女の夫をほんとうの生きた屍(しかばね)にしてしまいたかったのではないか。完全な肉ゴマに化してしまいたかったのではないか。胴体だけの触覚のほかには、五官をまったく失った一個の生きものにしてしまいたかったのではないか。そして、彼女の飽くなき残虐性を、真底から満足させたかったのではないか。不具者の全身のうちで、眼だけがわずかに人間のおもかげをとどめていた。それが残っていては、何かしら完全でないような気がしたのだ。ほんとうの彼女の肉ゴマではないような気がしたのだ。

このような考えが、一秒間に、時子の頭の中を通り過ぎた。彼女は「ギャッ」というような叫び声を立てたかと思うと、躍り狂っている肉塊をそのままにして、ころがるように階段を駈けおり、はだしのまま暗やみのそとへ走り出した。彼女は悪夢の中で恐ろしいものに追っ駈けられてでもいる感じで、夢中に走りつづけた。裏門を出て、村道を右手へ、でも、行く先が三丁ほど隔たった医者の家であることは意識していた。

頼みに頼んでやっと医者をひっぱって来た時にも、肉塊はさっきと同じ烈しさで躍り狂っていた。村の医者は、噂(うわさ)には聞いたけれど、まだ実物を見たことがなかったので、片輪者の無気味さに胆(きも)をつぶしてしまって、時子が物のはずみでこんな椿事(ちんじ)を惹き起こした旨(むね)を、くどくど弁解するのも、よくは耳にはいらぬ様子であった。彼は痛み止めの注射と、傷の手当てをしてしまうと、大急ぎで帰って行った。

負傷者がやっと藻掻(もが)きやんだ頃、しらじらと、夜があけた。

時子は負傷者の胸をさすってやりながら、ボロボロと涙をこぼし、「すみません」「すみません」と言いつづけていた。肉塊は負傷のために発熱したらしく、顔が赤くはれ上がって、胸は烈しく鼓動していた。

時子は終日病人のそばを離れなかった。食事さえしなかった。そして、病人の頭と胸に当てた濡れタオルを、ひっきりなしに絞り換えたり、気ちがいめいた長たらしい詫び言をつぶやいてみたり、病人の胸に指先で「ユルシテ」と幾度も幾度も書いてみたり、悲しさと罪の意識に、時間のたつのを忘れてしまっていた。

夕方になって、病人はいくらか熱もひき、息づかいも楽になった。時子は、病人の意識がもう常態に復したに違いないと思ったので、あらためて、彼の胸の皮膚の上に、一字々々ハッキリと「ユルシテ」と書いて、反応を見た。だが、肉塊は、なんの返事もしなかった。眼を失ったとはいえ、首を振るとか、笑顔を作るとか、何かの方法で彼女の文字に答えられぬはずはなかったのに、肉塊は身動きもせず、表情も変えないのだ。息づかいの様子では眠っているとも考えられなかった。皮膚に書いた文字を理解する力さえ失ったのか、それとも、憤怒のあまり、沈黙をつづけているのか、まるでわからない。それは今や、一個のフワフワした、暖い物質でしかなかったのだ。

時子はそのなんとも形容のできぬ静止の肉塊を見つめているうちに、生れてからかつて経験したことのない、真底からの恐ろしさに、ワナワナと震え出さないではいられなかった。

そこに横たわっているものは一個の生きものに違いなかった。彼は肺臓も胃袋も持っているのだ。それだのに、彼は物を見ることができない。音を聞くことができない。一とことも口がきけない。何かを掴むべき手もなく、立上がるべき足もない。彼にとっては、この世界は永遠の静止であり、不断の沈黙であり、果てしなき暗やみである。かつてなにびとがかかる恐怖の世界を想像し得たであろう。そこに住む者の心持は何に比べることができるであろう。彼は定めし「助けてくれえ」と声を限りに呼ばわりたいであろう。どんな薄明かりでもかまわぬ、物の姿を見たいであろう。どんなかすかな音でもかまわぬ、物の響きを聞きたいであろう。何物かにすがり、何物かを、ひしと摑みたいであろう。だが、彼にはそのどれもが、まったく不可能なのである。

時子は、いきなりワッと声を立てて泣き出した。そして、取り返しのつかぬ罪業と、救われぬ悲愁に、子供のようにすすり上げながら、ただ人が見たくて、世の常の姿を備えた人間が見たくて、哀れな夫を置き去りに、母屋の鷲尾家へ駆けつけたのであった。

烈しい嗚咽のために聞き取りにくい、長々しい彼女の懺悔を、だまって聞き終った鷲尾老少将は、あまりのことにしばらくは言葉も出なかったが、

「ともかく、須永中尉をお見舞いしよう」

やがて彼は憮然として言った。

もう夜にはいっていたので、老人のために提灯が用意された。二人は、暗やみの草原を、おのおの物思いに沈みながら、だまり返って離れ座敷へたどった。

「誰もいないよ。どうしたのじゃ」

先になってそこの二階に上がって行った老人が、びっくりして言った。

「いいえ、その床の中でございますの」

時子は、老人を追い越して、さっきまで夫の横たわっていた蒲団のところへ行ってみた。だが、実に変てこなことが起こったのだ。そこはもぬけの殻になっていた。

「まあ……」

と言ったきり、彼女は茫然と立ちつくしていた。

「あの不自由なからだで、まさかこの家を出ることはできまい。家の中を探してみなくては」

やっとしてから、老少将が促すように言った。二人は階上階下を隈なく探しまわった。だが、不具者の影はどこにも見えなかったばかりか、かえってそのかわりに、ある恐ろしいものが発見されたのだ。

「まあ、これ、なんでございましょう？」

時子は、さっきまで不具者の寝ていた枕もとの柱を見つめていた。

そこには鉛筆で、よほど考えないでは読めぬような、子供のいたずら書きみたいなものが、おぼつかなげにしるされていた。

「ユルス」

時子はそれを「許す」と読み得た時、ハッとすべての事情がわかってしまったように思った。不具者は、動かぬからだを引きずって、机の上の鉛筆を口で探して、彼にしてはそれがどれほどの苦心であったか、わずか片仮名三字の書置きを残すことができたのである。

「自殺をしたのかもしれませんわ」

彼女はオドオドと老人の顔を眺めて、色を失った唇を震わせながら言った。

鷲尾家に急が報ぜられ、召使いたちが手に手に提灯を持って、母屋と離座敷のあいだの雑草の庭に集った。

そして、手分けをして庭内のあちこちと、闇夜の捜索がはじめられた。

時子は、鷲尾老人のあとについて、彼の振りかざす提灯の淡い光をたよりに、ひどい胸騒ぎを感じながら歩いていた。あの柱には「許す」と書いてあった。あれは彼女が先に不具者の胸に「ユルシテ」と書いた言葉の返事に違いない。彼は「私は死ぬ。けれど、お前の行為に立腹してではないのだよ。安心おし」と言っているのだ。

この寛大さがいっそう彼女の胸を痛くした。彼女は、あの手足のない不具者が、まともに降りることはできないで、全身で梯子段を一段々々ころがり落ちなければならなかったことを思うと、悲しさと怖ろしさに、総毛立(そうげだ)つようであった。

しばらく歩いているうちに、彼女はふと或ることに思い当たった。そして、ソッと老人にささやいた。

「この少し先に、古井戸がございましたわね」

「ウン」

老将軍はただ肯(うなず)いたばかりで、その方へ進んで行った。

提灯の光は、空漠(くうばく)たる闇の中を、方一間(ほういっけん)ほどを薄ぼんやりと明かるくするにすぎなかった。

「古井戸はこの辺にあったが」

鷲尾老人は独り言を言いながら、提灯を振りかざし、できるだけ遠くの方を見きわめようとした。

その時、時子はふと何かの予感に襲われて、立ち止まった。耳をすますと、どこやらで、蛇が草を分けて走っているような、かすかな音がしていた。

彼女も老人も、ほとんど同時にそれを見た。そして、彼女はもちろん、老将軍さえもが、あまりの恐ろしさに、釘づけにされたように、そこに立ちすくんでしまった。

提灯の火がやっと届くか届かぬかの、薄くらがりに、生い茂る雑草のあいだを、まっ黒な一物(ぶつ)が、のろのろとうごめいていた。その物は、無気味な爬虫類(はちゅうるい)の恰好で、かま首をもたげて、じっと前方をうかがい、押しだまって、胴体を波のようにうねらせ、胴体の四隅（よすみ）についた瘤（こぶ）みたいな突起物で、もがくように地面を掻（か）きながら、極度にあせっているのだけれど、気持ばかりでからだがいうことを聞かぬといった感じで、ジリリジリリと前進していた。

やがて、もたげていた鎌首（かまくび）が、突然ガクンと下がって、眼界から消えた。今までよりは、やや烈しい葉擦（はず）れの音がしたかと思うと、からだ全体が、さかとんぼを打って、ズルズルと地面の中へ、引き入れられるように、見えなくなってしまった。そして、遥（はる）かの地の底から、トボンと、鈍い水音が聞こえてきた。

そこに、草に隠れて、古井戸の口がひらいていたのである。

二人はそれを見届けても、急にはそこへ駈け寄る元気もなく、放心したように、いつまでも立ちつくしていた。

まことに変なことだけれど、そのあわただしい刹那（せつな）に、時子は、闇夜に一匹の芋虫が、何かの木の枯枝を這っていて、枝の先端のところへくると、不自由なわが身の重みで、ポトリと、下のまっくろな空間へ、底知れず落ちて行く光景を、ふと幻に描いていた。

断崖

春、K温泉から山路をのぼること一哩（り）、はるか眼の下に渓流（けいりゅう）をのぞむ断崖の上、自然石のベンチに肩をならべて男女が語りあっていた。男は二十七八歳、女はそれより二つ三つ年上、二人とも温泉宿のゆかたに丹前（たんぜん）をかさねている。

女「たえず思いだしていながら、話せないっていうのは、息ぐるしいものね。あれからもうずいぶんになるのに、あたしたち一度も、あの時のこと話しあっていないでしょう。ゆっくり思い出しながら、順序をたてて、おさらいがしてみたくなったわ。あなたは、いや？」

男「いやということはないさ。おさらいをしてもいいよ。君の忘れているところは、僕が思い出すようにしてね」

女「じゃあ、はじめるわ。……最初あれに気づいたのは、ある晩、ベッドの中で、斎藤（さいとう）と抱きあって、頬と頬をくっつけて、そして、斎藤がいつものように泣いていた時よ。くっつけ合った二人の頬のあいだに、涙があふれて、あたしの口に塩（しょ）っぱい液体が、ドクドク流れこんでくるのよ」

男「いやだなあ、その話は。僕はそういうことは詳しく聞きたくない。君の露出狂のお相手はごめんだよ。しかも、君のハズだった人との閨房秘事（けいぼうひじ）なんか」

女「だって、ここがかんじんなのよ。これがいわば第一ヒントなんですもの。でも、あなたおいやなら、はしょって話すわ。……そうして斎藤があたしを抱いて、頬をくっつけ合って泣いていた時に、ふと、あたし、アラ、変だなと思ったのよ。泣き方がいつもより烈（はげ）しくて、なんだか別の意味がこもっているように感じられたのよ。あたし、びっくりして、思わず顔をはなして、あの人の涙でふくれ上った目の中をのぞきこんだ」

男「スリルだね。閨房の蜜語が忽(たちま)ちにして恐怖となる。君はその時、あの男の目の中に、深い憐愍(れんびん)の情(じょう)を読みとったのだったね」

女「そうよ。おお可哀想(かわいそう)に、可哀想にと、あたしを心からあわれんで泣いていたのよ。……人間の目の中には、その人の一生涯のことが書いてあるわね。まして、たった今の心持(こころもち)なんか、初号活字で書いてあるわ。あたし、それを読むのが得意でしょう。ですから、一ぺんにわかってしまった」

男「君を殺そうとしていることがかい？」

女「ええ、でも、むろんスリルの遊戯としてよ。こんな世の中でも、あたしたち、やっぱり退屈していたのね。子供はおしおきされて、押入れの中にとじこめられていても、その闇の中で、何かを見つけて遊んでいるわ。おとなだってそうよ。どんな苦しみにあえいでいる時でも、その中で遊戯している、遊戯しないではいられない。どうすることもできない本能なのね」

男「むだごとをいっていると、日が暮れてしまうよ。話のさきはまだ長いんだから」

女「あの人、ちょっと残酷家の方でしょう。あたしはその逆なのね。そして、お互(たがい)に夫婦生活の倦怠(けんたい)を感じていたでしょう。むろん愛してはいたのよ。愛していても、倦怠が来る。わかるでしょう」

男「わかりすぎるよ。ごちそうさま」

女「だから、あたしたち、何かゾッとするような刺戟(しげき)がほしかったの。あたしはいつもそれを求めていた。斎藤の方でも、そういうあたしの気持を充分知っていた。そして、何かたくらんでいるらしいということは、うすうす感じていたんだけれど、あの晩、あの人の目の中をのぞくまでは、それが何だかわからなかった。……でも、ずいぶんたくらんだものねえ。あたしギョッとしたわ。まさかあれほど手数のかかるたくらみをしようとは思っていなかったのよ。でも、ゾクゾクするほど楽しくもあったわ」
男「君があの男の目の中に深い憐愍を読みとった。それもあの男のお芝居だったんだね。そのお芝居で、君に第一ヒントをあたえたんだね。それで、次の第二ヒントは？」
女「紺色のオーバーの男」
男「同じ紺色のソフトをかむって、黒めがねをかけて、濃い口ひげをはやした」
女「その男を、あなたが最初にめっけたのね」
男「うん、なにしろ僕は君のうちの居候（いそうろう）で、君達夫婦のお抱え道化師で、それから第三に売れない絵かきだったんだからね。ひまがあるから町をぶらつくことも多い。紺オーバーの男が君のうちのまわりをウロウロしているのを、第一に気づいたのも僕だし、角の喫茶店で、その紺オーバーが、君のうちの家族のことや間取りなんかまで、根ほり葉ほりたずねていたということを、喫茶店のマダムから聞き出して、君に教えてやったのも僕だからね」
女「あたしもその男に出会った。勝手口のくぐり門の外で一度、表門のわきで二度。紺のダブダブのオーバーのポケットに両手を突込んで、影のように立っていた。なにかまがまがしい影のように突立っていた」
男「最初はどろぼうかもしれないと思ったんだね。近所の女中さんなんかも、そいつの姿を見かけて、注意してくれた」
女「ところが、それはどろぼうよりも、もっと恐ろしいものだったわね。斎藤の憐愍の涙を見た時、あたしのまぶたに、パッとその紺オーバーの男がうかんで来たのよ。これが第二ヒント」

男「そして、第三ヒントは探偵小説と来るんだろう」
女「そうよ。あなたが、あたしたちのあいだに、はやらせた探偵趣味よ。斎藤もあたしも、もともとそういう趣味がなかったわけではないわ。でも、あんなに理窟っぽくクネクネと、トリックなんかを考えるようになったのは、あなたのせいよ。あの頃は少し下火になっていたけれど、半年ほど前は、絶頂だったわね。あたしたち毎晩、犯罪のトリックの話ばかりしていた。中でも斎藤は夢中だったわ」
男「その頃、あの男の考え出した最上のトリックというのが……」
女「そう、一人二役よ。あの時の研究では、一人二役のトリックには、ずいぶんいろんな種類があったわね。あなた表を作ったでしょう。今でも持っているんじゃない？」
男「そんなもの残ってやしない。しかし覚えているよ。一人二役の類別は三十三種さ。三十三のちがった型があるんだ」
女「斎藤はその三十三種のうち、架空の人物を作り出すトリックが第一だという説だったわね」
男「たとえば一つの殺人をもくろむとする。出来るならば実行の一年以上も前から、犯人はもう一人の自分を作っておく。つけひげ、めがね、服装などによる、ごく簡単な、しかし巧妙な変装をして、遠くはなれた別の家に別の人物となって住み、その架空の人物を充分世間に見せびらかしておく、つまり二重生活だね。本物の方が仕事と称して外出している時間には、架空の方が自宅にいる。架空の方は何か夜間の勤めをしていると見せかけ、その出勤時間には本物が自宅にいる。時々どちらかに旅行でもさせればこのごまかしはずっと楽になるわけだね。そして、最好の時期を見て、架空の方が殺人をやるんだが、その直前直後に、自分の姿を二三人の人に見せて、犯人は架空の人物にちがいないと思いこませる。

いよいよ目的を果したら、そのまま架空の方を消してしまう。変装の品々は焼きすてるか、錘(おも)りをつけて川の底にでも沈める。架空の方の住宅へは、いつまでたっても主人が帰って来ない。杳(よう)として行方を知らずというわけだね。そして、本物の方は何くわぬ顔で今まで通りの生活をつづける。もともとこの世に存在しない人間の犯罪だから、犯人の探しようがない。いわゆる完全犯罪というやつだね」

女「あの人はこれがあらゆる犯罪トリックのうちで最上のものだと、恐ろしいほど熱中して話したわね。あたしたちもすっかり説きふせられてしまったでしょう。ですから、あたし、あの架空犯人のトリックのことは、ずっと忘れないでいたのよ。それに、もう一つ日記帳ってものがあったの。あの人はあたしが探し出すことを、ちゃんと予想して、自分の日記帳を隠していた。ひどくむつかしい場所に隠したものよ。でも、もともとあたしに見せるための日記だから、心の底の秘密は書いていない。あとでわかったあの女のことだって、一行も書いてないのよ」

男「見せ消しというやつだね。見せ消しというのは校訂家(こうていか)の使う言葉なんだが、昔の文書などに元の字が読めるように、線だけで消したのがある。読めば読めるんだね。われわれの手紙にだってよくあるよ。わざと見えるように消しておいて、そこに実は一番相手に読ませたいことが書いてある。あの男の日記帳はその見せ消しだよ。見せ隠しかね」

女「で、あたしその日記帳を読んだのよ。すると、長い論文が書いてあった。架空犯人トリックの論文なのよ。うまく書いてあったわ。この世に全く存在しない人間を作り出す興味。あの人、文章がうまかったわね」

男「わかったよ。懐古調(かいこちょう)はよして、先をつづける」

女「ウフ、そこで三つのヒントがそろったわけね。憐れみの涙、紺オーバーの怪人物、架空殺人トリックの讃美。でも、もう一つ第四のヒントがなくては完成しない。それは動機だわ。動機はあの女だった。それをあの人は日記にさえ書かなかった。そこまで書いてしまっては、全くお芝居になって、スリルがうすらぐからよ。なんて憎らしい用心深さでしょう。……女のことはあなたが教えてくれたわね。でも、あたし、うすうすは感づいていた。あの人の目の奥に若い女がチラチラしていた。それから、ベッドの中で抱き合っていると、あたしではない女の匂いが、あの人のからだから、ほのかに漂って来た……」

男「そこまで。……それでつまり、その四つのヒントを結び合せると、あの男のお芝居の筋はこういうことになるんだね。いわゆる見せ消しで、君にその女の存在を悟らせ、同時に憐愍の涙を流し、可哀想だが、あの女といっしょになるためには、君がじゃまになる。しかし、君と別れることは、生活能力のない斎藤にしてみれば、忽ち食えなくなることだから、それは出来ない。——あの男は友達の事業を手伝うのだと云って、毎日出勤していたが、大して俸給がはいるわけでもなかった。いわば退屈しのぎだった。——君は斎藤と正式に結婚したけれども、財産は手ばなさなかった。戦後成金だった君のなくなったお父さんに譲られた財産は、君自身のものとして頑固に守っていた。夫婦の共有財産にはしなかった。あの男は君から莫大なお小遣いをせしめていたが、財産の元金には一指も触れることを許されなかった。そこで、この財産を君の意志に反して、別の女との享楽に使おうとすれば、君を殺すよりない。そうすれば正式に結婚しているのだし、君には身よりもないのだから、全財産があの男にころがりこむ。これが動機だ」

女「むろん、スリル遊戯の動機という意味ね」

男「そうだよ。しかし真実の犯罪としても、申分のない動機だ。そして、殺人手段は彼の讃美する架空犯人の製造……先ず紺オーバーの男を充分見せつけておいて、その姿で君の寝室にしのびこみ、君を殺した上、架空の犯人を永遠にこの世から消してしまう。そして、入れちがいにもとの斎藤にもどって帰って来る。君の死体を見て大騒ぎをやる。という順序なんだね」

女「ええ、そういう風にあたしに思いこませ、怖がらせ、お互にスリルを味わって楽しもうとしたわけね。子供の探偵ごっこの少し手のこんだぐらいのものだわ。でも、もしあたしがあの人の遊戯心を信じなかったとしたら、そして、本当に殺意があると感じたら、これは恐ろしいスリルだわ。あの人はそこを狙ったのよ。子供の探偵ごっこよりは、ずっと怖いものを狙ったのよ」

男「子供の探偵ごっこだって、ばかにならないぜ。僕は十二三の時、探偵ごっこをやっていて、年上の女の子といっしょに、暗い納屋の中に隠れていて、その女の子からいどまれたことがある。可愛らしい女の子が、ここで云えないような変な恰好をしたんだよ、あんな恐ろしいことはなかった。生きるか死ぬかの恐ろしさだった」

女「枝道へ入っちゃいけないわ。で、今まであたしたちが話し合った全部のことを、その晩、斎藤の涙にふくれ上った目をのぞきこんだ瞬間、一秒ぐらいの間に、ちゃあんと考えてしまったのよ。あれだけの出来事を思い出して、論理的に組合せる。それが一秒間で出来るんだわ。人間の頭の働きって、ほんとうに不思議なものね。どういう仕掛けなのかしら。口で話せば三十分もかかることが、一秒間に考えられるなんて」

男「だがね、それでどういうことになるんだい。ほんとうに君を殺す気なら、ちゃんと幕切れがあるわけだが、全くのお芝居だとすると、いつまでもケリがつかないじゃないか。ただ紺オーバーの男でおどかすだけで、おしまいなのかい」

女「そうじゃないわ。これはあたしの想像にすぎないけれど、ケリはつくのよ。紺オーバーの男は窓かなんかから忍びこんで、あたしの寝室に入ってくるのよ。そして、あたしに悲鳴をあげさせ、あたしがどんな烈しいスリルを感じるか、眺めてやろうというわけよ。そのあとで、まだ架空の人物のまま、あたしのベッドに入る。他人に化けて自分の妻のベッドに入る……」

男「悪趣味だね」

女「そうよ。あの人はそういう悪趣味の人よ。でなければこんな変てこなスリル遊戯なんか思いつきやしないわ」

男「……ところが、結果はまるでちがったことになったね」

女「そう、……もうこのあとは冗談ではないわ……怖かった。あたし今でも怖い」

男「僕だって、これからあとの話は、あまりいい気持がしないね。しかし、話してしまおう。この無人境の崖の上で、一度だけおさらいをしよう。そうすれば、君だって、いくらか気分が軽くなるかも知れないぜ」

女「ええ、あたしもそう思うの。……その晩から日を置いて三度、同じようなことがあったのよ。そして、頬をくっつけて涙を流すあの人の泣き方が、だんだん烈しくなるばかりなの。……オヤッ変だなと思うことが、幾度もあった。あたし、そのたびに、いそいで顔をはなして、あの人の目の奥をのぞいたけれども、もうわからなかった。ただ邪推よ。あたしは恐ろしい邪推をしたのよ」

男「あの男がほんとうに君を殺すと思ったんだね」

女「ふと、あの人の目が、こう云ってるように見えたのよ。——俺は架空の人物を作って、お前にスリルを味わせようとたくらんでいる。はじめはそのつもりだった。しかし、今ではもう、これがお芝居で終るかどうか、俺にも判断がつかなくなった。俺はほんとうにお前を殺しても、全く安全なんだ。そして、お前の財産が俺のものになるのだ。俺はその魅力に負けてしまうかも知れない。実をいうと、俺はお前よりもあの女の方を何倍も愛している。可哀想だ、お前が可哀想でたまらない。——あの人がそんな風に、声をふりしぼって、泣き叫んでいるようにさえ感じられた。あの人の目から涙がとめどもなく溢れた。それがゴクゴクとあたしの喉へ流れこんで来た。あの人とあたしの、てんでの妄想が、真暗な空間でもつれあって、ごっちゃになって、あたしはもう、どうしていいのかわけがわからなくなってしまった」

男「僕に相談をかけたのは、その頃なんだね」

女「そうよ。今云った不安を、あなたにうちあけたわね。すると、あなたは、君の思いすごしだ、そんなばかなことがあるものかと、あたしを笑ったわ。でも、笑っているあなたの目の奥に、チラッと疑いの影があった。あなたも、もしかしたらと、一抹の不安を感じていることが、あたしにはよくわかったのよ」

男「しかし、僕はあの時、そういう不安を意識してはいなかったね。君のような千里眼にかかっちゃかなわない。相手の無意識の中までさぐり出すんだからね」

女「あたし、あの人の目を見るのが怖くなった。また、こちらが怖がっていることを、あの人に悟られるのが恐ろしかった。そして、とうとう、ピストルのことまで気を廻すようになった。……ある夕方、門のそとで、また紺オーバーの男に出会ったのよ。あの男はいつも夕方か夜しか姿を現わさなかった。変装を見破られることをおそれたのだわ。その時も、うすぐらくて、はっきり見えなかったけれど、あの男があたしを見て、ニヤッと笑ったような気がしたのよ。斎藤の変装ということがわかっていても、あたしゾーッとしないではいられなかった。そして、その刹那（せつな）、なぜかハッとピストルのことを思い出したのよ。あの人の書斎の机のひきだしに隠してあるピストルのことを」

男「ピストルのことは僕も知っていた。あの男は禁令を破って、こっそりとピストルを手に入れていたね。いつも実弾をこめて、ひきだしの底の方にしまってあった。別に何に使おうというのじゃない。ただ手に入ったから持っているんだと云っていた」

女「あたし、そのピストルを、紺オーバーの男が、いつも身につけているんじゃないかと思って、ギョッとしたのよ。それで、あわてて書斎にとびこんで、ひきだしをあけて見ると、ピストルはちゃんと元の場所にあった。あたし一時はホッとしたけれど、すぐに、あの人が架空の犯人に斎藤の持物であるこのピストルを持たせるような、間抜けなことをするはずがないと気づいた。紺オーバーの男は別のピストルを手に入れたかも知れない。もっとほかの兇器を用意しているかも知れない。ピストルが元の場所にあったからといって、決して油断はできない。そう考えると、あたしはいよいよ不安になった」

男「そこで、君はあのピストルを、自分で持っていようと決心したんだね」

女「ええ、その方がいくらか安心だと思ったの。それで、あたし、ピストルを自分の部屋にうつして、夜はベッドの中へ持ってはいることにしたのよ」

男「悪いものがあったねえ。あれさえなければ……」

女「あたし、あなたにたずねたわね。紺オーバーの男が、あたしの寝室へ入って来たとして、その時あたしがピストルであの男をうったら、どんな罪になるでしょうかって」

男「そうだったね。僕はあの時、見知らぬ男が暴力で屋内に侵入して、寝室にまで踏みこんで来たら、男の方に危害を加える意志がなかったとしても、正当防衛は成り立つ。たとえ相手をうち殺しても、罪にはならないと答えた。事実それにちがいないんだが、今から考えると悪いことを言った」

女「そして、とうとうあの男がやって来た。もう来るかもう来るかと、斎藤の不在の夜は、それぱっかり待っていたほどよ。十二時すぎ、あの男は塀（へい）をのりこえ、廊下の窓から忍びこんで、足音も立てないで、あたしの寝室のドアをひらいた。紺オーバーを着たまま、ソフトもかぶったまま、黒めがねと濃い口ひげが、たびたび出会ったあの男にちがいなかった。あたしは目をつむって寝たふりをしながら、まつげのすきまから、じっと男を見ていた。ピストルはいつでもうてるように、ふとんの中でにぎりしめていた」

男「………」

女「あたし、心臓が破れそうだった。早くピストルがうちたかった。でも、じっと我慢して、まつげのすきまから見ていた。……あの男は両手をオーバーのポケットに突込んだまま、ヌーッと立っていた。あたしが寝たふりをしているのを、ちゃんと見抜いているようだった。そのにらみ合いが、まる一時間もつづいたような気がした。あたしは、いきなりベッドから飛びおりて、ギャーッと叫びながら、逃げ出したいのを、歯をくいしばって、こらえていた」

男「…………」

女「とうとう、あの男は、大またにベッドに近づいて来た。電気スタンドの笠の蔭になっていたけれど、あの男の顔が大きく、はっきり見えた。器用に変装していても、あたしには、斎藤だということが、はっきりわかった。……あの男は黒めがねの中で笑っているように見えた。そして、いきなりベッドの上に上半身をまげて、おそいかかって来た。その時、あの短刀は、ふとんの襟が邪魔になって、見えなかったけれど、あたしはもう無我夢中だった。あたしはふとんの中からソッとピストルの先を出して、男の胸にむけて、いきなり引金をひいた。……あたし、ピストルを突きつけながら、問答するなんて、そんな余裕はとてもなかったわ。もう、うちたくって、うちたくって、気が狂いそうだった。……ピストルの音をきいて、あなたと女中がかけつけた時には、あの男は胸をうたれて息がたえていたし、あたしはベッドの上に気を失っていたのね」

男「僕は最初、何がなんだかわからなかった。しかし、ちょっとのまに、やっぱりそうだったのかと悟った。あの男の死骸のそばに、抜きはなった短刀がおちていた」

女「警察の人達が来た。それから、あたしは検察庁へ呼ばれた。あなたも呼ばれたわね。あたしは少しも隠さないで本当のことを云った。検事はあたしたちの遊戯三昧の生活を非難して、長いお説教をした。そして、あたしは不起訴になった。短刀があったので、あの男の殺意を疑うことが出来なかったのだわ。……それから、あたしは病気になるようなこともなく、あの人の葬式も無事にすませ、一月ほど、うちにとじこもっていた。あなたが毎日慰めてくれたわね。身よりもないし、親友もないし、あたし、あなた一人がたよりだったわ。……それから、斎藤の女のことも、あなたがちゃんとケリをつけてくれた」

男「あれからやがて一年になる。君と正式に結婚の手続をしてからでも五ケ月だ。……さあ、ボツボツ帰ろうか」
女「まだお話があるのよ」
男「まだ？　もうすっかり、おさらいをすませたじゃないか」
女「でも、今まで話したことは、ほんのうわっつらだわ」
男「え、うわっつらだって？　あれほど心の底をさぐるような分析をしてもかい？」
女「いつでも、真にほんとうのことってのは、一番奥の方にあるわよ。その奥の方のことは、まだあたしたち話さなかった」
男「なにを考えてるのか知らないが、君は少し神経衰弱じゃないのかい」
女「あなた、怖いの？」
　男の目がスーッと澄(す)んだように見えた。しかし、表情は殆んど変らなかった。身動きさえしなかった。女はお喋(しゃべ)りの昂奮(こうふん)で、ほの赤く上気していた。目がギラギラ光り、唇のすみがキュッとあがって、意地悪な微笑が浮かんでいた。
女「他人の心を自分の思うままに動かして、一つの重罪を犯させるということが出来たら、その人にとっては、実に愉快だろうと思うわ。心をそういう風に動かされた方では、自分達がその人の傀儡(かいらい)だということを少しも気づいていないんだから、これほど安全な犯罪はないわ。これこそ正真正銘の完全犯罪じゃないかしら」
男「君は何を云おうとしているの？」

女「あなたがそういう人形使いの魔術師だってことを、云おうとしているの。でも、あなたを摘発しようなんて云うんじゃないわ。悪魔が二人、額をよせてニヤニヤ笑いながら、お互の悪だくみの深さを嘉(よみ)し合う、あれね。そういう意味で、もっとお互の心の中をさらけ出したいのよ。あなたの云う露出狂だわね」

男「おい、よさないか。僕は露出狂なんかには興味がない」

女「やっぱり、あなたは怖がっているのね。でも、話しかけたのを、このままよしてしまっては、もっとあと味が悪いでしょう。話すわ。……なくなった斎藤に探偵趣味を吹きこんだのは、あなただったわね。斎藤にはもともとその素質があった。ですから、あなたにとっては絶好の傀儡だったのよ。そして、あなたは、あの人を犯罪手段の研究に熱中させ、架空犯人のトリックに心酔(しんすい)させてしまった。むろん斎藤の方で夢中になったんだけれど、あなたは実に微妙な技巧で、斎藤の物の考え方をその方向に導いて行ったのよ。話術でしょうか。いや、話術よりももっと奥のものね。あなたはそれで斎藤を自由に扱いこなした。……女が出来たのは、あなたのせいじゃない。斎藤が勝手に作ったんだけれど、それは道楽者(どうらくもの)の斎藤のことだから、いつだって起りうることだったわ。あなたはそれをうまく利用したのよ」

男「………」

女「架空犯人のトリックとあの女とを結びつけて、あたしたち夫婦のあいだのスリル遊戯を思いつくことだって、むろんあなたの力が働いていた。斎藤はそういう突飛(とっぴ)なことを実行して喜ぶような性格なんだから、あなたがちょっと一こと二こと、それとない暗示を与えさえすればよかったのよ。斎藤には少しも気づかれない言葉で、しかし暗示としては恐ろしい力を持つような言葉で」

男「想像はどうにでもできる。そんな想像をするのは、君自身が途方もない悪人だということを証拠だてるばかりだ」
女「そうよ。悪人だから、悪人の気持がわかるのよ。あなたは、斎藤が思うつぼにはまって、紺オーバーの男に化けて、うちのまわりをうろつき出した時、真先にそれを見つけたでしょう。そして、あたしに知らせてくれたわね。あたし、その時はまだ気づかなかったけれど、あとになって思い出して見ると、あなたの目は喜びの色を隠すことが出来なかったのね。あの目の意味は、ただ怪しい男を見つけたというだけのものじゃなかった。してやった、うまく行ったという歓喜が、今から考えると、あなたの目の中に、まるで裸みたいに、さらけ出されていたわ。あたしには、斎藤の涙を分析したり、架空犯人のトリックを思い出したりしなければ、判断できなかったことが、計画者のあなたには、最初からちゃんとわかっていたのだわ」
男「もうよそう。ね、もうよそう」
女「もう少しよ。もう少し云うことがあるのよ。……お芝居がいつのまにか本気になって、斎藤はあたしを殺すのじゃないかと思った。それから、ピストルを手に入れて、あなたにその事を相談した。すると、あなたは芯からのように、そんなばかなことがあるものかと打ちけしながら、目の奥に不安の色を漂わせて見せた。その上、万一ピストルで相手を殺しても、正当防衛で罪にならないということを、はっきりあたしにのみこませた。……これでもう、あなたは成り行きを眺めていさえすればよかったのだわ。殺人は起るかも知れない。起らないかも知れない。でも、起らなかったとしても、あなたは別に損をするわけではない。もしあたしがピストルをうち、斎藤が死ねば、すっかりあなたの思う壺。なんてうまい考えでしょう。あたしたちがよく犯罪トリックのことを話し合った頃、プロバビリティーの犯罪というのが問題になったわね。可能性は充分あるけれども、必ず目的を達するかどうかは、わからない。それは運命にまかせるという、あの一等ずるい、一等安全な方法よ。失敗しても、犯人はこれっぽっちも疑われる心配はないんだから、何度だって、ちがった企らみをくり返すことが出来る。そうしているうちには、いつか目的を達する時が来る。そして、目的を達しても、犯人は絶対に疑われることがない。……あなたのプロバビリティーの犯罪は、斎藤の架空犯人の思いつきなんかより、一枚も二枚もうわ手だったわ」

男「僕は怒るよ。君は妄想にとりつかれているんだ。頭が変になっているんだ。……僕は一人で先に帰るよ」

女「あなたの額、汗でビッショリよ。気分わるいの？　……あの時、ピストルの引金をひいた時、あたし斎藤が短刀を持っていることは知らなかった。とっさに、首をしめにくるのじゃないかとも思ったし、そうでなくて、ただ、あたしを抱くばかりかとも思った。ほんとうのことはわからなかったのよ。それでも、あたし引金をひいてしまった。……ほんとうは、ずっと前から、心の底の方であなたを愛していたからよ。あなたにもそれはわかっていたはずだわ。……そして、引金をひいたまま気を失ってしまった。短刀は意識をとりもどした時に、はじめて見たのよ。ですから、あの短刀は斎藤がオーバーのポケットに入れていたとも考えられるし、また、あなたが、あらかじめ用意しておいた斎藤の短刀を持ちこんで、死んだ斎藤の指紋をつけて、あすこへ放り出しておいたとも考えられるわね。なぜって、ピストルの音をきいて真先にかけつけたのは、あなただったし、それから斎藤が短刀を持っていたとすれば、正当防衛の口実が一層完全になるからだわ。あなたは斎藤が殺されることは望んでいたけれど、あたしが罪におちては困る。あたしを助けるためには、どんなことでもしなければならなかったのだわ」
男「おどろいた。よくもそこまで妄想をめぐらすもんだね。ハハハ……」
女「だめよ、笑って見せようとしたって。まるでいつもの声とちがうじゃありませんか。泣いているみたいだわ。……なにをそんなに怖がっているの、これはここだけの話よ。たとえ全く危険のないプロバビリティーの犯罪にもせよ、そういう恐ろしい企みまでして、あたしを手に入れようとしたあなたを、あたしは決して裏切りやしないわ。しんそこから愛しているわ。このことは二人のあいだの永久の秘密にしておきましょうね。あたしはただ、一度だけはほんとうのことを話し合っておきたいと思ったばかりよ」

男は無言のまま、妄想狂のお相手はごめんだと云わぬばかりに、自然石のベンチから立ちあがった。それにつれて、女も立ち、帰りみちとは反対の、崖ばなの方へ、ゆっくり歩いて行った。男は何かおずおずしながら、二三歩あとから、女について行く。

女は崖っぷち二尺ほどの所まで進んで、そこに立ちどまった。遙か下方に幽(かす)かに渓流の音がしている。しかし渓流そのものは見えない。谷の底には薄黒いモヤがたてこめ、その深さは何十丈とも知れなかった。

女は谷の方を向いたまま、うしろの男に話しかけた。
女「あたしたち、今日はほんとうのことばかり話したわね。こんなほんとうのことって、めったに話せるものじゃないわ。あたし、なんだかせいせいした。……でも、一つだけ、まだ話さなかったことが残っているわ。その最後のほんとうのことを云って見ましょうか。……あなたの顔を見ないで云うわね。……あたしは裸のあなたを愛していたのに、あなたはあたしとお金とを愛していたのでしょう。そして、今ではあたしを愛しないで、あたしの持っているお金だけを愛しているのでしょう。それがあたしにはよくわかるのよ。あなたの目の中が読めるのよ。そして、あたしがそれにかんづいたということを、あなたの方でも知っているんだわ。ですから、今日こんな淋しい崖の上へ、あたしを誘い出したんだわ。……あなたはあたしを愛さなくなっても、あたしと離れることができない。斎藤と同じように、あなたも生活能力のない男だから。すると、あなたにできることは、たった一つしか残っていないわね。……斎藤の故智にならって、あたしを無きものにする。そうすれば、あたしの全部の財産が夫であるあなたのものになる。……あたし、あなたに別の愛人が出来ていることを、そして、今ではあなたはあたしを憎んでいることを、とうから知っていたのよ」

うしろから、ハッハッという男のはげしい息づかいが聞えて来た。男のからだが、ソーッとこちらへ迫って来るのが感じられた。女はいよいよその時が来たのだと思った。

背中に男の両手がさわった。その手は小きざみに烈しくふるえていた。そしてグッと恐ろしい力で女の背中を押して来た。

女はその力にさからわず、柔かくからだを二つに折るようにして、パッと傍らに身を引いた。

男は力余って、タタッと前に泳いだ。死にものぐるいに踏みとどまろうとした最後の一歩の下には、もう地面がなかった。男のからだ全体が、棒のように横倒しになったまま、スーッと下へおちて行った。

今まで少しも気づかなかった小鳥の声が、やかましく女の耳にはいって来た。渓流のしもての広く開けた空を、そこにむらがる雲を、入り陽が真赤に染めていた。ハッとするほど雄大な、美しい夕焼けであった。

女は茫然と岩頭に立ちつくしていたが、やがて、何かつぶやきはじめた。

女「また正当防衛だった。でも、これはどういうことなのかしら。一年前に、あたしを殺そうとしたのは斎藤だった。そのくせ、殺されたのはあたしでなくて、斎藤の方だった。今度も、あたしを突き落そうとしたのは彼だった。そのくせ、崖から落ちて行ったのは、あたしでなくて、彼の方だった。……正当防衛って妙なものだわ。両方とも、ほんとうの犯人はこのあたしだったのに、法律はあたしを罰しない。世間もあたしを疑わない。こんなずるいやり方を考えつくなんて、あたしはよくよくの毒婦なんだわね。……あたしはこの先まだ、幾度正当防衛をやるかわからない。絶対罪にならないで、幾人ひとを殺すかもわからない。……」

夕陽は大空を焼き、断崖の岩肌を血の色に染め、そのうしろの鬱蒼たる森林を焔と燃え立たせていた。岩頭にポッツリと立つ女の姿は、小さく小さく、人形のように可愛らしく、その美しい顔は桃色に上気し、つぶらな目は、大空を映して異様に輝いて見えた。

女はそのままの姿勢で、大自然の微妙な、精巧な装飾物のように、いつまでも、身動きさえしなかった。

防空壕

一、市川清一の話

君、ねむいかい？　エ、眠れない？　僕も眠れないのだ。話をしようか。いま妙な話がしたくなった。

今夜、僕らは平和論をやったね。むろんそれは正しいことだ。誰も異存はない。きまりきったことだ。ところがね、僕は生涯の最上の生き甲斐を感じたのは、戦争の最中だった。いや、みんなが云っているあの意味とはちがうんだ。国を賭して戦っている生き甲斐という、あれとはちがうんだ。もっと不健全な、反社会的な生き甲斐なんだよ。

それは戦争の末期、今にも国が亡びそうになっていた時だ。空襲が烈しくなって、東京が焼け野原になる直前の、あの阿鼻叫喚の最中なんだ。――君だから話すんだよ。戦争中にこんなことを云ったら、殺されただろうし、今だって、多くの人にヒンシュクされるにきまっている。

人間というものは複雑に造られている。生れながらにして反社会的な性質をも持っているんだね。それはタブーになっている。人間にはタブーというものが必要なんだ。それが必要だということは、つまり、人間に本来、反社会の性質がある証拠だよ。犯罪本能と呼ばれているものも、それなんだね。

火事は一つの悪にちがいない。だが、火事は美しいね。「江戸の華」というあれだよ。雄大な焔というものは美的感情に訴える。ネロ皇帝が市街に火を放って狂喜したあの心理が、大なり小なり誰にもあるんだね。風呂を焚いていてね、薪が盛んに燃えあがると、実利を離れた美的快感がある。薪でさえそうだから、一軒の家が燃え立てば美しいにきまっている。一つの市街全体が燃えれば、もっと美しいだろう。国土全体が灰塵に帰するほどの大火焔ともなれば、更らに更らに美しいだろう。ここではもう死と壊滅につながる超絶的な美しさだ。僕は嘘を云っているのではない。こういう感じ方は、誰の心にもあることだよ。

戦争末期、僕は会社へ出たり出なかったりの日がつづいた。毎日空襲があった。乗物もなくなって、会社から非常招集をされると、歩いて行かなければならなかった。ひっきりなしにゾーッとするサイレンが鳴り響き、夜なかに飛びおきて、ゲートルを巻き、防空頭巾をかぶって防空壕へ駈けこむことがつづいた。

僕はむろん戦争を呪っていた。しかし、戦争の驚異とでもいうようなものに、なにかしら惹きつけられていなかったとは云えない。サイレンが鳴り響いたり、ラジオがわめいたり、号外の鈴が町を飛んだりする物情騒然の中に、異常に人を惹きつけるものがあった。異常に心を昂揚するものがあった。

最も僕をワクワクさせたのは、新らしい武器の驚異だった。敵の武器だから、いまいましくはあったけれど、やはり驚異に相違なかった。Ｂ29というあの巨大な戦闘機がそれを代表していた。そのころはまだ原爆というものを知らなかった。

東京が焼け野原にならない前、その前奏曲のように、あの銀色の巨大なやつが編隊を組んで、非常な高さを悠々と飛んで来た。そのたびに、飛行機製作工場などが、爆弾でやられていたのだが、僕らは地震のような地響きを感じるばかりで目に見ることはできなかった。見るのはただ、あの高い空の銀翼ばかりだった。

Ｂ29が飛行雲を湧(わ)かしながら、まっ青に晴れわたった遙(はる)かの空を、まるで澄んだ池の中の目高(めだか)のように、可愛らしく飛んで行く姿は、敵ながら美しかった。見る目には可愛らしくても、高度を考えれば、その巨大さが想像された。今、旅客機に乗って海の上を飛んでいると、大汽船がやはり目高のように小さく見えるね。あれを空へ移したような可愛らしさだった。

向うのほうに、豆粒(まめつぶ)のような編隊が現われる。各所の高射砲陣地から、豆鉄砲のような連続音がきこえはじめる。敵のすがたも、味方の音も、芝居の遠見の敦盛(あつもり)のように可愛らしかった。

Ｂ29の進路をかこんで、高射砲の黒い煙の玉が、底知れぬ青空の中に、あばたみたいにちらばった。敵機のあたりに、星のようにチカッチカッと光るものがあった。まるでダイヤモンドのつぶを、銀色の飛行機めがけて、投げつけるように見えた。それは目にも見えない小さな味方の戦闘機だった。彼らは体当りで巨大なＢ29にぶっつかって行った。その小さな味方機の銀翼が、太陽の光りを受けて、チカッチカッとダイヤのように光っていたのだ。

君も思い出せるだろう。じつに美しかったね。戦争、被害という現実を、ふと忘れた瞬間には、あれは大空のページェントの美しい前奏曲だった。

僕は会社の屋上から、双眼鏡で、大空の演技を眺(なが)めたものだ。双眼鏡の丸い視野の中を、銀色の整然とした編隊が近づいてくる。頭の上にきたときには、双眼鏡には可(か)なり大きく映った。搭乗員の白い顔が、豆人形のように見わけられさえした。太陽に照りはえる銀翼はやっぱり美しかった。それにぶっつかって行く味方機も見えたが、大汽船のそばの一艘(いっそう)のボートのように小さかった。

その晩僕は、会社の帰り道を、テクテク歩いていた。電車が或(あ)る区間しか動いていないので、あとは歩かなければならなかった。八時ごろだった。空には美しく星がまたたいていた。燈火管制で町はまっ暗だった。僕たちはみな懐中電燈をポケットに用意していた。明かるいのではいけないし、それに電池がすぐ駄目になるので、あのころは自動豆電燈というものが市販されていた。思い出すだろう。片手にはいるほどの金属製のやつで、槓桿を握ったり放したりすると、ジャージャーと音を立てて発電器が回転して、豆電燈がつくあれね。足もとがあぶなくなると、僕はあれを出してジャージャー云わせた。にぶい光だけれど、電池が要らないので、実に便利だった。

まっ暗な大通りを、黒い影法師たちが、黙々として歩いている。空襲警報が鳴らないうちに早く帰りつきたいと、みなセカセカと歩いている。今日だけはサイレンが鳴らずにすむかも知れない、というのが、われわれの共通した空だのみだった。

僕はそのとき伝通院のそばを歩いていた。ギョッとする音が鳴りはじめた。近くのも遠くのも、幾つものサイレンが、不吉な合奏をして、悲愴に鳴りはじめた。いくら慣れていても、やっぱりギョッとするんだね。黒い影法師どもが、バラバラと走り出した。僕は走るのが苦手なので、足を早めて大股に歩いていたが、その前を、警防団員の黒い影が、「待避、待避」と叫びながら、かけて行った。

どこからか、一ぱいにひらいたラジオがきこえて来た。家庭のラジオも、出来るだけの音量を出しておくのが常識になっていた。同じことを幾度もくりかえしている。B29の大編隊が伊豆半島の上空から、東京方面に近づいているというのだ。またたく間にやって来るだろう。

僕も早くうちに帰ろうと思って、大塚駅の方へ急いだが、大塚に着かない前に、もう遠くの高射砲がきこえだした。それが、だんだん近くの高射砲に移動して来る。町は真の闇だった。警戒管制から非常管制に移ったからだ。まだ九時にならないのに、町は真夜中のようにシーンと静まり返っていた。僕のほかには、一人の人影も見えなかった。

僕は時々たちどまって、空を見上げた。むろん怖かったよ。しかし、もう一つの心では、美しいなあと感嘆していた。

高射砲弾が、シューッ、シューッと、光の点線を描いて高い高い空へ飛んで行く。そして、パラパラッと花火のように美しく炸裂する。そのあたりに敵機の編隊が飛んでいるのだろう。そこへは、立っている僕から三十度ぐらいの角度があった。まだ遠方だ。

そこの上空に、非常に強い光のアーク燈のような玉が、フワフワと、幾つも浮遊していた。敵の照明弾だ。両国の花火にあれとそっくりのがあった。闇夜の空の光りクラゲだ。

高射砲の音と光が、だんだん烈しくなって来た。一方の空だけではなかった。反対側の空にもそれが炸裂した。敵の編隊は二つにわかれて、東京をはさみ討ちにしていたのだ。そして、次々と位置を変えながら、東京のまわりに、爆弾と焼夷弾を投下していたのだ。それがそのころの敵の戦法だった。まず周囲にグルッと火の垣を作って、逃げ出せないようにしておいて、最後に中心地帯を猛爆するという、袋の鼠戦法なのだ。

しばらくすると、遠くの空がボーッと明かるくなった。そのとき僕は町の警防団の屯所にいた。鉄兜をかぶって、鳶口を待った人たちが、土嚢の中にしゃがんで、空を見上げていた。僕もそこへしゃがませてもらった。

「横浜だ。あの明かるいのは横浜が焼けているんだ。今ラジオが云っていた」

一人の警防団員が走って来て報告した。

「アッ、あっちの空も明かるくなったぞ。どこだろう。渋谷（しぶや）へんじゃないか」

そういっているうちに、右にも左にも、ボーッと明かるい空が、ふえて来た。「千住（せんじゅ）だろう」「板橋（いたばし）だろう」といっているあいだに、空に舞いあがる火の粉が見え、焔さえ見えはじめた。東京の四周が平時の銀座（ぎんざ）の空のように、一面にほの明かるくなった。

高射砲はもう頭のま上で炸裂していた。敵機の銀翼が、地上の火焔に照らされて、かすかに眺められた。Ｂ29の機体が、いつもよりはずっと大きく見えた。低空を飛んでいるのだ。

四周の空に、無数の光りクラゲの照明弾が浮游していた。それがありとしもなき速度で、落下してくる有様は、じつに美しかった。その光りクラゲの群に向かって、地上からは、赤い火の粉が、渦（うず）をまいて立ちのぼっていた。青白い飛び玉模様に、赤い梨地（なしじ）の裾（すそ）模様、それを縫って、高射砲弾の金糸銀糸のすすきが交錯（こうさく）しているのだ。

「アッ、味方機だ。味方機が突っこんだ」

大空にパッと火を吹いた。そして、巨大な敵機が焔の血達磨（ちだるま）になって、落下して行った。落下地点とおぼしきあたりから、爆発のような火焔が舞いあがった。

「やった、やった。これで三機目だぞッ」

警防団の人々がワーッと喚声（かんせい）をあげた。万歳を叫ぶものもあった。

「君、こんなとこにいちゃ危ない。早く防空壕にはいって下さいッ」

僕は警防団員に肩をこづかれた。仕方がないので、ヨロヨロと歩き出した。

大空の光の饗宴と、その騒音は極点に達していた。そのころから、地上も騒がしくなった。火の手がだんだん近づいてくるので、もう防空壕にも居たたまらなくなった人々が、警防団員に指導されて、どこかの広場へ集団待避をはじめたのだ。大通りには、家財を積んだ荷車、リヤカーのたぐいが混雑しはじめた。

僕もその群衆にまじって駈け出した。うちには家内が一人で留守をしていた。彼女もきっと逃げ出しているだろう。気がかりだが、どうすることもできない。

いたるところに破裂音が轟いた。それが地上の火焔のうなり、群衆の叫び声とまじり合って、耳も聾するほどの騒音だった。その騒音の中に、ザーッと、夕立が屋根を叩くような異様な音がきこえて来た。僕は夢中に駈け出した。それが焼夷弾の束の落下する音だということを聞き知っていたからだ。しかも、頭のま上から、降ってくるように思われたからだ。

ワーッというわめき声に、ヒョイとふりむくと、大通りは一面の火の海だった。八角筒の小型焼夷弾が、束になって落下して、地上に散乱していた。僕はあやうく、それに打たれるのをまぬがれたのだ。火の海の中に一人の中年婦人が倒れて、もがいていた。勇敢な警防団員が火の海を渡って、それを助けるために駈けつけていた。

僕は二度と同じ場所に落ちることはないだろうと思ったので、一応安心して、火の海に見とれていた。大通り一面が火に覆われている光景は、そんなさなかでも、やっぱり美しかった。驚くべき美観だった。

あの八角筒焼夷弾の中には、油をひたした布きれのようなものがはいっていて、落下の途中で、それが筒から飛び出し、ついている羽根のようなもので、空中をゆっくり落ちてくる。筒だけは矢のように落下するのだが、筒の中にも油が残っているので、地面にぶつかると、その油が散乱して、一面の火の海となるのだ。だから、大した持続力はない。木造家屋ならそれで燃え出すけれど、舗装道路では燃えつくものがないから、だんだん焔が小さくなって、じきに消えてしまう。

僕はそれが蛍火のように小さくなるまで、じっと眺めていた。最後は、広い地面に無数の蛍が瞬いて、やがて消えて行くのだが、その経過の全体が、仕掛け花火みたいに美しかった。

空からは、八角筒を飛び出した無数の狐火がゆっくり降下していた。たしか「十種香」の道行きで、舞台の背景一面に狐火の蠟燭をつける演出があったと思うが、あの背景を黒ビロードの大空にして、何百倍に拡大したような感じだったね。どんな花火だって、あの美しさの足もとに及ぶものじゃない。僕はほんとうに見とれた。それが火事の素だということも忘れて、ポカンと口をあいて、空に見入っていた。

もう、すぐまぢかに火の手があがっていた。それがたちまち飛び火して、火の手の数がふえて行った。町は夕焼けのように明かるく、馳せちがう人々の顔が、まっ赤に彩られていた。

刻々に、あたりは焦熱地獄の様相を帯びて来た。東京中が巨大な焔に包まれ、黒雲のような煙が地上の焔に赤く縁どられて、恐ろしい速度で空を流れ、ヒューッと音を立てて、嵐のような風が吹きつけて来た。向うには黒と赤との煙の渦が、竜巻きとなって中天にまき上がり、屋根瓦は飛び、無数のトタン板が、銀紙のように空に舞い狂った。

その中を、編隊をといたB29が縦横に飛びちがった。味方の高射砲も、今は鳴りひそめてしまったので、敵は極度の低空まで舞いさがって、市民を威嚇し、狙いをさだめて焼夷弾と小型爆弾を投下した。

僕は巨大なB29が目を圧して迫ってくるのを見た。銀色の機体は、地上の火焔を受けて、酔っぱらいの巨人の顔のように、まっ赤に染まっていた。

僕はあの頭の真上に迫る巨大な敵機から、なぜか天狗（てんぐ）の面を連想した。まっ赤な天狗の面が空一ぱいの大きさで、金色の目玉で僕を睨（にら）みつけながら、グーッと急降下してくる。悪夢の中のように、それが次から次と、まっ赤な顔で降下してくるのだ。

火災による暴風と、竜巻きと、黒けむりの中を、超低空に乱舞する赤面（あかづら）巨大機は、この世の終りの恐ろしさでもあったが、一方では言語に絶する美観でもあった。凄絶（せいぜつ）だった。荘厳でさえあった。

もう町に立っていることは出来なかった。瓦、トタン板、火を吹きながら飛びちがう丸太や板きれ、そのほかあらゆる破片が、まっ赤な空から降って来た。ハッと思うまに、一枚のトタン板が僕の肩にまきついて顎（あご）に大きな斬（き）り傷を作った。血がドクドクと流れた。その中へ、またしてもザーッ、ザーッと、焼夷弾の束が降って来る。僕は眼がねをはねとばされてしまったが、探すことなど思いも及ばなかった。

どこかへ避難するほかはなかった。僕は暴風帯をつき抜けるために、それを横断して走った。僕はそのとき、大塚辻町（つじまち）の交叉点（こうさてん）から、寺のある横丁を北へ北へと走っていた。走っている両側の家並（やなみ）も、もう燃えはじめていた。突き当りに大きな屋敷があった。門があけはなしてあったので、そこへ飛びこんで行った。

まるで公園のように広い庭だった。立木も多かった。颷風（ひょうふう）に揺れさわぎ、火の粉の降りかかる立木のあいだをくぐって、奥の方へ駈けこんで行った。あとでわかったのだが、それは杉本（すぎもと）という有名な実業家のうちだった。

その屋敷は高い石垣の崖っぷちにあった。辻町の方から来ると、そこが行きどまりで、目の下遙かに巣鴨から氷川町にかけての大通りがあった。東京には方々にこういう高台があって、断層のようになっているが、そこも断層の一つだった。僕はその町がはじめてだったので、大空襲によって起こった地上の異変ではないかと、びっくりしたほどだ。

その断層は屋敷の一ばん奥になっているのだが、断層の少し手前に、コンクリートで造った大きな防空壕の口がひらいていた。あとで、その屋敷の住人は全部疎開してしまって、大きな邸宅が全くの空家になっていたことがわかったが、その時は、防空壕の中に家人がいるのだと思い、出会ったらことわりを云うつもりで、はいって行った。

床も壁も天井もコンクリートでかためた立派な防空壕だった。僕は例の自動豆電燈をジャージャー云わせながら、オズオズはいって行ったが、入口から二た曲りして、中心部にはいって見ても、廃墟のように人けがなかった。

中心部は二坪ほどの長方形の部屋になって、両側に板の長い腰かけが取りつけてあった。僕はちょっとそこへ掛けて見たが、すぐに立ち上がった。どうもおちつかなかった。空と地上の騒音は、ここまでもきこえて来た。ドカーン、ドカーンという爆音が、地上にいたときよりも烈しく耳につき、防空壕そのものがユラユラゆれていた。

ときどき、稲妻のように、まっ赤な閃光が、屈曲した壕内にまで届いた。その光で奥の方が見通せたとき、板の腰かけの向うの隅に、うずくまっている人間を発見した。女のようだった。

豆電燈をジャージャー云わせて、その淡い光をさしつけながら、声をかけると、女はスッと立って、こちらへ近づいて来た。

古い紺(こん)がすりのモンペに、紺がすりの防空頭巾をかぶっていた。その頭巾の中の顔を、豆電燈で照らして、僕はびっくりした。あまり美しかったからだ。どんなふうに美しかったかと問われても、答えられない。いつも僕の意中にあった美しさだと云うほかはない。

「ここの方(かた)ですか」僕が訊(たず)ねると、「いいえ、通りがかりのものです」と答えた。「ここは広い庭だから焼けませんよ。朝まで、ここにじっとしている方がいいでしょう」と云って、腰かけるようにすすめた。

それから何を話したか覚えていない。だまりがちに、ならんで腰かけていた。お互(たがい)に名も名乗らなければ、住所もたずねなかった。

ゴーッという、嵐の音とも焔の音ともつかぬ騒音が、そこまできこえて来た。そのあいだにドカーン、ドカーンという爆音と地響き。まっ赤な稲妻がパッパッとひらめき、焦(こ)げくさい煙が吹きこんで来た。

僕は一度、防空壕を出て、あたりを眺めたが、むこうの母屋(おもや)も焔に包まれ、立木にまで燃え移って、パチパチはぜる音がしていた。その辺は昼のように明かるく、頬が熱いほどだった。見あげると、空は一面のどす黒い血の色で、ゴーゴーと颶風が吹きすさんでいた。広い庭には死に絶えたように人影がなかった。門のところまで走って行ったが、その前の通りにも、全く人間というものがいなかった。ただ焔と煙とが渦巻いていた。壕に帰るほかはなかった。

帰って見ると、まっ暗な中に、女はもとのままの姿勢でじっとしていた。

「ああ、喉(のど)がかわいた。水があるといいんだが」

僕がそういうと、女は「ここにあります」と云って、待ちかまえていたように、水筒を肩からはずして、手さぐりで僕に渡してくれた。その女は用心ぶかく、水筒をさげて逃げていたのだ。僕はそれを何杯も飲んだ。女に返すと、女も飲んでいるようだった。

「もう、だめでしょうか」

　女が心細くつぶやいた。

「だいじょうぶ。ここにじっとしてれば、安全ですよ」

　僕はそのとき、烈しい情欲を感じた。この世の終りのような憂慮と擾乱の中で、情欲どころではないと云うかも知れないが、事実はその逆なんだ。僕の知っている或る青年は、空襲のたびごとに烈しい情欲を催したと云っている。そして、オナニーに耽ったと告白している。

　だが、僕の場合は単なる情欲じゃない。一と目惚れの烈しい恋愛だ。その女の美しさはたとえるものがなかった。神々しくさえあった。一生に一度という非常の場合に、僕がいつも夢見ていた僕のジョコンダに出会ったのだ。そのミスティックな邂逅が僕を気ちがいにした。僕は闇をまさぐって、女の手を握った。相手は拒まなかった。遠慮がちに握り返しさえした。

　東京全市が一とかたまりの巨大な火焔になって燃え上がり、空は煙の黒雲と火の粉の金梨地に覆われ、そこを颶風が吹きまくり、地上のあらゆる破片は竜巻となって舞い上がり、まっ赤な巨人戦闘機は乱舞し、爆弾、焼夷弾は驟雨と降りそそぎ、天地は轟然たる大音響に鳴りはためいてるとき、一瞬ののちをも知らぬ、いのちをかけての情欲がどんなものだか、君にはわかるか。僕は生涯を通じて、あれほどの歓喜を、生命を、生き甲斐を感じたことはない。それは過去にもなく、未来にもあり得ない、ただ一度のものだった。

天地は狂乱していた。国は今亡びようとしていた。僕たち二人も狂っていた。僕たちは身についたあらゆるものをかなぐり捨てて、この世にただ二人の人間として、かきいだき、もだえ、狂い、泣き、わめいた。愛慾の極致に酔いしれた。

僕は眠ったのだろうか。いや、そんなはずはない。眠りはしなかった。しかし、いつのまにか夜が明けていた。壕の中に薄明（はくめい）が漂（ただよ）い、黄色い煙が充満していた。そして、女の姿はどこにもなかった。彼女の身につけたものも、何ひと品残っていなかった。

だが、夢ではなかった。夢であるはずがない。

僕はヨロヨロと壕のそとへ出た。人家はみな焼けつぶれてしまって、一面の焼け木杭（ぼっくい）と煙と火の海だった。まるで焼けた鉄板の上でも歩くような熱さの中を、僕は焔と煙をかわし、空地（くうち）を拾（ひろ）うようにして飛び歩き、長い道をやっと自分の家にたどりついた。仕合せにも僕の家は焼け残り、家内も無事だった。町という町には、無一物になった乞食のような姿の男女が充満し、痴呆のように、当てどもなくさまよっていた。

僕の家にも、焼け出されの知人が三組もはいって来た。それから食料の買出しに狂奔（きょうほん）する日がつづいた。

その中でも、僕はあのひと夜のなさけを忘れかねて、辻町の杉本邸の焼け跡の附近を毎日のようにさまよい歩き、その辺を掘り返して貴重品を探している元の住人たちにたずね廻（まわ）った。空襲の夜、杉本家のコンクリートの防空壕に一人の若い女がはいっていたが、その女を見かけた人はないかと、執念ぶかく聞きまわった。

こまかい経路は省略するが、非常な苦労をして、次から次と人の噂のあとを追って、尋ね尋ねた末、やっと一人の老婆を探し当てた。池袋(いけぶくろ)の奥の千早町の知人宅に厄介(やっかい)になっている、身よりのない五十幾つの宮園(みやぞの)とみという老婆だった。

僕はこのとみ婆さんを訪ねて行って、根掘り葉掘り聞き糺(ただ)した。老婆は杉本邸のそばの或る会社員の家に雇われていたが、あの空襲の夜、家人は皆どこかへ避難してしまって、ひとり取り残されたので、杉本さんの防空壕のことを思い出し、一人でその中に隠れていたのだという。

老婆は朝までそこにいたというのに、不思議にも僕のことも、若い女のことも知らなかった。ひょっとしたら壕がちがうのではないかと、詳しく聞き糺したが、あの辺に杉本という家はほかになく、コンクリートの壕の位置や構造も僕らのはいったものと全く同じだった。あの壕には両方に出入り口があった。それが折れ曲って中心の部屋へはいるようになっていた。とみ婆さんは壕の中心部まではいらないで、僕の出入りしたのとは反対側の出入り口の、中心部の向うの曲り角にでも、うずくまっていたのだろう。それを尋ねても婆さんは曖昧(あいまい)にしか答えられなかった。気も顚動(てんどう)していた際のことだから、はっきりした記憶がないのも無理はなかった。

そういうわけで、結局、女のことはわからずじまいだった。あれからもう十年になる。その後も、僕は出来る限りその女を探し出そうとつとめて来たが、どうしても手掛りがつかめないのだ。あの美しい女は、神隠しにあったように、この地上から姿を消してしまったのだ。その神秘が、ひと夜のなさけを、一層尊いものにした。生涯をひと夜にこめた愛慾だった。

顔もからだも、あれほど美しい女が、ほかにあろうとは思えない。僕はそのひと夜を境にして、あらゆる女に興味を失ってしまった。あの物狂わしいひと夜の激情で、僕の愛慾は使いはたされてしまった。

ああ思い出しても、からだが震え出すようだ。空と地上の業火（ごうか）に包まれた洞窟（どうくつ）のくら闇の中、そのくら闇にほのぼのと浮き上がった美しい顔、美しいからだ、狂熱の抱擁（ほうよう）、千夜を一夜の愛慾。……僕はね、「美しさ身の毛もよだつ五彩のオーロラの夢」という変な文句を、いつも心の中で呟（つぶや）いている。それだよ。あの空襲の焰と死の饗宴は、極地の大空一ぱいに垂れ幕のようにさがってくる五彩のオーロラの恐ろしさ、美しさだった。その下でのひと夜のなさけは、やっぱり、五彩のオーロラのほかのものではなかった。

二、宮園とみの話

こんなに酔っぱらったのは、ほんとうに久しぶりですよ。旦那さまも酔狂（すいきょう）なお方ですわね。旦那さまのエロ話を伺ったので、わたしも思い出しましたよ。皺（しわ）くちゃ婆さんのエロ話でもお聞きになりたいの？　ずいぶんかわっていらっしゃるわね。オホホホホホ。

さっきも云った通り、わたしは広い世間に全くのひとりぼっち、身よりたよりもない哀れな婆あですが、戦争後、こんな山奥の温泉へ流れこんでしまって、こちらのご主人が親切にして下さるし、朋輩（ほうばい）の女中さんたちも、みんないい人だし、まあここを死に場所にきめておりますの。でもせんにはずっと東京に住んでいたのでございますよ。あの恐ろしい空襲にも遭（あ）いました。旦那さま、その空襲のときですよ。じつに妙なことがありましたの。

あれは何年の何月でしたかしら。上野（うえの）、浅草（あさくさ）のほうがやられて、隅田川（すみだがわ）が死骸で一ぱいになったあの空襲のすぐあとで、新宿から池袋、巣鴨、小石川にかけて、焼け野が原になった空襲のときですよ。

そのころ、わたしは三芳さんという会社におつとめの方のうちに、雇われ婆さんでいたのですが、そのおうちが丸焼けになり、ご主人たちを見失ってしまって、わたしは、近くの大きなお邸の防空壕に、たった一人で隠れておりました。

大塚の辻町と云って、市電の終点の車庫に近いところでした。そのお邸は辻町から三四丁もはいったところで、高い石垣の上にあったのですが、お邸のかたはみんな疎開してしまって、空き家になっておりました。

コンクリートで出来た立派な防空壕でしたよ。わたしはそのまっ暗な中に、ひとりぼっちで震えていたのです。

すると、そこへ、一人の男が懐中電燈を照らしながら、はいって来ました。むこうが懐中電燈を持っているのですから、顔は見えませんが、どうやら三十そこそこの若いお人らしく思われました。

しばらくは、わたしのいるのも気づかない様子で、壕の中の板の腰かけにかけて、じっとしておりましたが、そのうちに、隅の方にわたしがいるのを気づくと、懐中電燈を照らして、もっとこっちへ来いというのです。

わたしはひとりぼっちで、怖くて仕方がなかったおりですから、喜んでその人の隣に腰かけました。そして、ちょうど水筒を持っておりましたので、それを男に飲ませてやったりして、それから、ひとことふたこと話しているうちに、なんとあなた、その人がわたしの手をグッと握ったじゃありませんか。

勘ちがいをしたらしいのですよ。わたしを若い女とでも思ったらしいのですよ。小さな懐中電燈ですから、わたしの顔もよくは見えなかったのでございましょう。それに、そとにはボウボウと火が燃えている。おそろしい風が吹きまくっている。そのさなかですから、気もてんどうしていたことでしょうしね。なにか色っぽいことをはじめるのですよ。オホホホ……。いえね、旦那さまが聞き上手でいらっしゃるものだから、ついこんなお話をしてしまって。でもこれは今はじめてお話しますのよ。なんぼなんでも、気恥かしくって、人さまにお話しできるようなことじゃありませんもの。

エ、それからどうしたとおっしゃるの？　わたしの方でも、空襲で気がてんどうしていたのですわね。こっちも若い女になったつもりで、オホホホ……、いろいろ、あれしましたのよ。今から思えば、ばかばかしい話ですわ。先方の云いなり次第に、着物もなにも脱いでしまいましてね。

いやでございますわ。いくら酔っても、それから先は、オホホホ……、で、まあ、いろいろあったあとで、男はそこへ倒れてしまって、眠ったようにじっとしていますので、わたしは気恥かしくなって、いそいで着物を着ると、夜の明けないうちに、防空壕から逃げ出してしまいました。お互に顔も知らなければ、名前も名乗らずじまいでしたわ。

エ、それっきりじゃ、つまらないとおっしゃいますの？　ところが、これには後日談があるのでございますのよ。防空壕の中では、相手の顔もわからず、ただ若い男と察していただけですが、それから半月もしたころ、わたしは池袋の奥の千早町の知り合いのところに、台所の手伝いをしながら、厄介になっておりましたが、そこへ、どこをどう探したのか、そのときの男が訪ねて来たじゃありませんか。

でも、その人がそうだとは、わたしは知らなかったのです。話しているうちにだんだんわかって来たのです。あのとき、防空壕の中に若い女がいた。お前さんは、やっぱり同じ夜、あの防空壕にはいっていたということを、いろいろたずね廻って、聞き出したので、わざわざやって来たのだ。その若い女を見なかったか。若しやお前さんの知っている人じゃなかったかと、それはもう、一生懸命に尋ねるのです。

その人は市川清一と名乗りました。服装はあのころのことですから、軍人みたいなカーキ服でしたが、ちゃんとした会社員風の立派な人でした。三十を越したぐらいの年配で、近眼鏡をかけておりましたが、それはもう、ふるいつきたいような美男でございましたよ。オホホホ……。

わたしは、その人の話を聞いて、すぐに察しがつきました。その市川さんは、とんでもない思いちがいをしていたのです。そのときの相手がわたしみたいなお婆ちゃんとは少しも知らず、若い美しい女だったと思いこんでいるのです。いじらしいじゃございませんか、その女が恋しさに、えらい苦労をして、探し廻っているというのですよ。

きまりがわるいやら、ばかばかしいやらで、わたしは、ほんとうにどうしようかと思いました。若い女と思いこんでいる相手に、あれはこのわたしでしたなんて、云えるものですか。ドギマギしながら、ごまかしてしまいました。先方はみじんも疑っていないのです。わたしがうろたえていることなんか、まるで感じないのです。

その美男の市川さんが、目に涙をためて、そのときの若い美しい女を懐かしがっている様子を見ると、わたしもへんな気持になりました。なんだかいまいましいような、可哀そうなような、なんとも云えないへんな気持でございましたよ。

エ、そんな若い美男と、ひと夜のちぎりを結ぶなんて、思いがけぬ果報だとおっしゃるのでしょう。

そりゃあね、この年になっても、やっぱり、うれしいような、恥かしいような、ほんとうに妙なぐあいでしたわ。相手が美男だけにねえ、いよいよ気づかれては大変だと、そ知らぬ顔をするのに、それは、ひと苦労でございましたよ。オホホ……。

吸血鬼

出題者の心持は、風変りな死方の見聞録でも書かせようという訳なのであろうが、探偵小説の方で、変てこな死方には慣れっこになって了ったせいもあり、今恰度これはというのが思出せないので、題意を広く取って、怪談めいた吸血鬼のお話をしようと思う。これは早過ぎた埋葬、死者の蘇生に関聯した、云わば迷信であって、迷信ながらも、少し理屈にかなった所もあり、仲々凄いお話で、それを読んだ時私自身、何かこう身内の寒くなる様な感じがしたのだから、読者諸君にも、いくらかは興味があろうと思うのだ。

人が一度死んで、棺の中に入れられ、土中に埋葬された後、棺の中で蘇生するが、死んだと思ったのが誤りで、口を利いたり身動きしたりは出来なくても、肉体丈けは引続き生活を営んでいる、という様なことは、想像した丈けでも、身の毛がよ立つ。土中で蘇生して、棺桶を打破る力のない場合も、随分残酷だが、始めから、まだ生きているのを、他人に死んだものと極められて了い、「生きているんだ」とたった一こと喋る力がないばかりに、或は顔の表情なり手足なりを動かす力がないばかりに、生きながら、土葬なればまだしも、火葬にされたりしたのでは、その苦痛はいかばかりであろうか。

これは日本の話なのだが、田舎の不完全な火葬場で、棺桶を焼いていた所が、火が廻って、桶のたががはぜ、桶の板が散乱すると、中の死人がいきなりむっくりと起直って、極度の苦痛の表情で、声を出すのがせい一杯といった体で（例えば我々が夢の中で、何かに追駆けられて、助けを呼びたいにも声が出ず、もがきにもがいた末、やっと一ことうめき声を絞り出す時の、あの感じで）「助けてくれ……」と怒鳴ったという様な実話を聞くことがある。それを聞くと、何か自分自身、生きながら焼かれでもする様な、なまなましい、息づまる感じに打たれないではいられぬ。早過ぎた葬儀、殊に火葬というもの程、我々を無気味におびやかすものはない。

ところで、同じ様なので一層物凄いのは、土葬された棺桶の中で、死人が段々肥えたり、血液が循環(じゅんかん)し、頭髪が伸び、爪が伸び、つまり筋肉が動かないばかりで、外はまったく普通の人間の様な生活を営んでいることがある、という事実なのだ。埋葬してから数十日も経過した時何かの機会で棺桶を開いて見て、この事実を発見したとする、その時の気味悪いとも、物凄いとも、残酷だとも、形容の出来ない気持を想像して見るがいい。だが、それでいて、死人は別に蘇生するでもなく、間もなく腐って、溶けて了う。この化物じみた事実が元になって、西洋では、ヴァンパイヤの迷信が始まったものらしい。ヴァンパイヤは、吸血鬼とでも訳すべき言葉だ。

それは、ある種の死人は、一度墓に埋められてから、鬼と化して、鬼界の妖術によって、不思議な生活を続けている。その為にその死人は夜な夜な人界に姿を現し、健康な隣人の生血(いきち)を吸い取らなければならない、生血を吸取っている間丈け、土中に生活を続け得るというのだ。

ある村に一人の死人があって、不幸にもそれが墓の中で吸血鬼と化した場合は、その村人の中、なるべく血の気の多い、元気な若者が犠牲者として選ばれ、夜な夜な、吸血鬼の御見舞を受ける。睡っている間に、鬼はどこからともなく、彼の寝室に忍込み、そっと生血を吸い取って行く。その時は不思議にも眼が覚めない。ただ、その若者の顔色が段々青ざめ、肉つきが衰えて行くことから、それが分るのだ。そして、鬼は一人の若者の生血を吸い尽し、彼の寿命が絶えると、次の若者へと移って、遂には村中の若者を一人残らず取殺して了うことさえある。

被害者は、今も云う様に、鬼の餌食(えじき)となっている間、不思議にも、目覚めないのを普通とするが、どうかした拍子に、夢から醒めて、彼の胸にのしかかる吸血鬼の恐ろしい姿を認めることがあると、その時の鬼と人との闘争は、世にもすさまじきものだと云う。長時間に亘る、地獄の戦が、あぶら汗にまみれて、息も絶え絶えに続けられる。そして、若し幸に人間が勝利を占めた場合には、何事もなく終るけれど、鬼の為に打負かされたとなると、その人は、先に述べた状態で、日に日に形容枯渇し、遂には病名のない死に見舞われるのである。

　この迷信の行われた地方では、村人が吸血鬼に襲われたことを悟ると、最近に埋葬した死人の中から、それらしいのを選び出して、その死人が、棺の中で、果して鬼に化しているかどうかを確めた上、一旦死んだものを、もう一度殺し直すのだ。鬼に化しているというのは、死人が生々（なまなま）と肥え太って、血色がなく、爪や頭髪などが埋葬当時よりも長く延びている等の諸点から判断することが出来る。死人がその様な状態を示していれば、てっきりそれが吸血鬼に相違ないと云うのだ。

　さて、吸血鬼が発見されると、村人達は、刃物や棒などを以（もっ）て、或はその死人の首をはねたり、心臓を貫いたりして、可哀想（かわいそう）な死屍（しし）を、滅茶（めちゃ）滅茶に切り砕（くだ）いて了うのだが、恐ろしいことには、そうして殺される時に、吸血鬼に化した死人は、切口から、耳から、目から、鼻から、夥（おびただ）しい鮮血をほとばしらせ、異様な叫び声を立てるというのである。

　この迷信は、バルカン半島辺に広く行われたものだが、印度（いんど）などにも似た様な怪談があるという。彼等は真面目にこの奇怪な伝説を信じている。死体が肥え太ったり、爪が伸びたり、殺される時に叫声を発したりする事は、実際らしく、それを証拠立てる確かな記録が発表されている位だ。血を吸われて死ぬというのは、神経の作用としても、この死体生育の事実はどうもまんざらの嘘ではないらしく思われる。現に、死人が肥え太る話などは、我々のよく耳にする所だ。

　これについては、ある点までは、科学的に説明を下すことが出来ないではない。死体の腐敗は、先ず腸内の微小有機体によって始まる。人が死ねば、この微小有機体は群を為して腸腺を貫き、これを破壊して、血管と腹膜とに入り、そこに瓦斯を発生し、人体の組織を液体化する所の、醱酵素を分泌（ぶんぴつ）するのだ。この発生された瓦斯の分量は非常なもので、時として、その膨脹力（ぼうちょうりょく）は、大気の一倍半を超えると云われている。瓦斯の力は横隔膜（おうかくまく）を上方に押上げ、体内深くにある血管中の血液を、ジリジリと皮膚の表面へにじみ出させる。「死後循環」というのが、つまりこれである。

　死人が血色がよくなり、切ったり突いたりして鮮血がほとばしるのは、この「死後循環」の為であるかも知れない。又、吸血鬼の発する異様な叫声というのは、この体内に発生した瓦斯が咽喉から押し出される時の音響かも知れない。爪や頭髪の伸びるのは少し解釈に困るけれど、これは見る人の気のせいだと云えば、一応は肯（うなず）くことが出来るのだ。

　だが、そこには、もう一つの解釈が残っていることを忘れてはならぬ。即（すなわ）ち、吸血鬼として無残にも突き殺されていた所の死体共は、実に死体ではなかったかも知れぬという見方だ。彼等は筋肉活動の自由を失った生体でなかったとは、断言出来ないのだ。

　土の底の棺桶の中で身動きの自由を失って、併し明瞭な意識を以て、じっと横（よこた）わっていなければならぬ人の、世にも恐るべき境遇を、想像して見るがいい。それが、更らに吸血鬼の汚名を着せられ、棒切れなどで突き殺される時の心持を想像して見るがいい。どの様に身の自由を失っていようとも、これが叫ばないでいられるものか。彼は断末魔の全気力をふりしぼって、「死んではいないのだ」と呶鳴（どな）ったのかも知れない。それが、言葉の為す丈けの力はなくて、ただギャッという異様な音響に聞きなされたのであるかも知れない。腐敗瓦斯の洩れる音などではなかったかも知れない。

死ぬことは恐ろしい。だが、生きながら、死人と見なされ、葬られることは、幾倍も恐ろしい。私はヴァンパイヤの伝説を思い出す毎に、このえたいの知れぬ恐怖に戦かないではいられぬのだ。

旅順海戦館

稲垣足穂氏が、何かの雑誌に、旅順海戦館という見世物の真似事をして遊んだ話を書いている。あれを読んで私は非常に懐かしい気がした。私もその旅順海戦館に感嘆した子供の一人であったし、そればかりか、やっぱりその真似事をやったことがあるのだ。知己に出会った感じだった。

私の見たのは明治四十何年だったか名古屋に博覧会が開かれた時、その余興の一つとして興行された旅順海戦館であった。キネオラマ応用とかで、当時としてはかなり大仕掛けのものであった。幕があくと、舞台一面の大海原だ。一文字の水平線、上には青空、下には紺碧の水、それがノタリノタリと波うっている。ピリピリと笛が鳴り、一とわたり弁士の説明が済むと、舞台の一方から東郷艦隊が、旗艦三笠を先頭に、勇ましく波を蹴って進んで来る。ひるがえる旭日旗、モクモクと立ち昇る黒煙、パノラマ風の舞台で、おもちゃの軍艦が、見ているうちにさも本物らしく感じられてくる。

やがて反対の方から、敵の艦隊が現われる。そして、始めは徐々に、次には烈しく、砲戦が開始せられる。耳を聾する砲声、海面を覆う白煙、水煙、敵艦の火災、沈没。

それが済むと夜戦の光景となる。月が出る。今いうキネオラマとかの作用で、月の表を雲が通り過ぎる。船には舷燈がつく、燈台が光る。それが水に映って、キラキラと波うつ、大砲が発射されるたびに赤い一文字の火花が見える。船火事の見事さ。

ただそれだけの見世物だけれども、私たちはどんなにチャームされたことか。それを見た翌日、私と私のもっとも仲好しであった友達とは、さっそく、私の部屋へその真似事を作る仕事に取りかかったものである。それは四畳半の離れ座敷であったが、そこの半分を黒い布で仕切って、そのまん中に、何十分の一縮小の旅順海戦館をしつらえたのだ。縮小といってもかなり大がかりで、黒い布でふちどった額縁(がくぶち)の大きさが、横一間、縦四尺はあった。幅の狭い波布が数十本、前は低くうしろほどだんだんに高く張り渡され、その隙間(すきま)を敵味方の軍艦が動くのだ。おもちゃの軍艦に柄をつけて、波の下から手で動かす。舷燈は線香、煙は煙草(たばこ)、砲声はおもちゃのピストル、月は懐中電燈、船火事はアルコールをしませた綿。

でき上がると、近所の小さい子供らを集めて、見物させた。黒布のうしろから、私の友達の得意のせりふが響くのだ。小さい子供たちがどんなに喝采(かっさい)したことか。私という男はなんとまあ今でも、こんなおもちゃを拵(こしら)えて見たい気がするのだ。

そうした癖(へき)は、考えて見ると、私の生れながらのものであったのかもしれない。もっとずっと小さい時分から、それに似た遊びを好んでやったものである。一例を上げるならば「朝日」煙草二十個入りの空箱を貰って、それの一方に小さな穴をあけ、中にはボール紙の廻り舞台をしつらえ、芝居で云うなら大道具に相当する紙細工を立て、糸で吊った紙人形を、その前でコトリコトリと動かして、声色(こわいろ)を使い、いわばダーク人形のまねごとをする。それを覗(のぞ)きからくりのように、自分より小さい子供に、前の穴から覗かせて、得意になっていたものだ。

その二、三寸の舞台が又、なかなか凝ったもので、大道具にはドアもあれば窓もついていて、そのドアがひらいて、舞台裏から紙人形が登場する。窓の向こうには遠見の書割(かきわり)があって、その前を首だけ見せた人形が通り過ぎる。マッチ箱ぐらいの紙の箱が舞台の中ほどに置いてあって、糸のあやつりで、蓋(ふた)があくと、中から舌切り雀(すずめ)の化物どもが、ろくろ首をのばしたりする。そして、チョンと木がはいるとギーと舞台が廻るのだ。

宇野浩二氏の小説には、おそらくそれは宇野氏自身のことなんだろうが、押入れの中で幻燈を映して楽しんでいる子供の話がある。私もやっぱりそうだった。当時影絵芝居というものがあって、それが又何とも魅力に富んだ興行物だった。舞台の前方に布を張り、そのうしろに幻燈器械を何台もすえつけて、黒い所に白く人の形などを書き、それに着色した絵を映す。からくり仕掛けで、人が化物に早変りしたり、あるいは手を動かしたり、足を動かしたりする。一人の人物なり品物なりに一台の幻燈器械を使い、その筒口を動かして幕の上の人物を歩かせる。むろん声色鳴物入りだ。映す芝居は、南北（なんぼく）といった味のもので、凄いのや血なまぐさいものが多かった。声色が又ずいぶん特徴のあるもので、多くはお爺（じい）さんの声色使いが、バスの声で、言葉尻を一層バスの声にしながら、どうでもいいといった、なげやりな調子で、安達ケ原（あだちがはら）の鬼婆が子供を食う時の声色なんかをやるのだ。まっ暗な客席、黒い幕、そこへ映る悪（あく）どい色彩の夢の中の花のように印象的な人物、Uの字なりに裾（すそ）の曲った幽霊、頭でっかちのお化け、一つ目小僧、ろくろ首、その魅力がどんなに強烈なものであったか。私はそれを私自身の小さな幻燈器械で、真似して見ようと思ったのである。二つの器械に、自分で描いたからくりつきのガラス絵をはめて、カタリカタリと動かしながら、お爺さんのバスを真似た声色で、「この赤ん坊は、あぶら気（け）が足りぬわいなあ」なんて、独りで楽しんでいたものだ。

さて、それにつけても、思い出すのは、かのパノラマという見世物である。瓦斯（ガス）タンクに似て、突然空高くそびえたあの建物の外見からして、まず子供の好奇心をそそらないではおかぬ。狭い入口、トンネルのようにまっ暗な細道、それを出抜けると、パッと開ける眼界。そして、そこには今まで見ていたのとはまるで違う別個の宇宙が、空から地平線までちゃんと実物どおりに存在しているのだ。何というすばらしいトリックだ。私は最近何かの本で、パノラマ発明者の苦心談を読んだが、彼は、丸く囲んだ建物の中に、彼の思うがままの別の宇宙を作って見たいという考えから、あの発明を企(くわだ)てた由(よし)であるが、世界を二重にするという彼の計画は実に面白い。丸い背景だからそこに描かれた地平線には端(はし)がない。空は見物席の天蓋(てんがい)にさえぎられて、その上方から、日光そのままの光がさしているのだから、やっぱり無辺際(むへんさい)に高く感じられる。小さな輪の中にいて、広い実在世界と同じ幻覚(げんかく)を起こす。その小天地の外側に、もう一つのほんとうの世界が或るのだ。現実化されたお伽話である。少なくとも発明者の国の原作パノラマは、そんな感じを与え得たに相違ない。

そして、やはり少年時代の思い出として、もう一つ浮かぶのは例の幽霊屋敷、八幡の籔知(やぶし)らずである。私は影絵芝居を見、パノラマを見たそのおなじ町の中の広っぱで、この八幡の籔知らずをも見た。それら三つのものは、つながって私の記憶に浮かぶのだ。籔知らずについては、本号の編集者横溝君が、かつてこの雑誌に書いた事がある。彼もさすがに探偵趣味家である。神戸(こうべ)の町に開かれたその興行物を人波におされながら見物した由である。私は惜しいことに子供の時分だけで、その後つい見る機会を得なかったけれど、籔知らずで今も私の印象に残っているのは、酒呑童子(しゅてんどうじ)のいけにえか何かの若い女が赤い腰まき一枚で立っている姿。案内人が見物の顔色を見ながらその腰まきをヒョイとまくると、内部に精巧な細工がほどこしてる。子供心に驚嘆したものである。後に至って人形の歴史みたいなものを知るに及んで、昔元禄時代かに流行した浮世(うきよ)人形なるものは、皆やっぱりこの仕掛けがしてあって、広く愛玩(あいがん)されたということがわかった。

もう一つは、汽車の踏切りの轢死(れきし)の実況を現わしたもので、二本の鉄路、籔畳、夜、そこにバラバラにひきちぎられた、首、胴体、手足が、切り口からまっ赤な血のりを、おびただしく流して、芋か大根のように転がっているのだ。その嘔気（はきけ）を催すような、あまりにも強烈な刺激は、今に至っても心の底にこびりついている。谷崎潤一郎氏「恐怖時代」を形で現わしたといっていい。そのことを横溝君に話したところ、同君は大いに感激して、探偵小説にそういった味を採り入れるのは面白かろうと、さっそく「踏切り何とか」という一小説を物した由である。まだ発表されていないけれど、定めし面白いものに相違なく、発表の日を待っている。という、その味は、つまるところ大南北の残虐味と一脈相通ずるものであろう。

さて、この一文、旅順海戦館はどこへ行ったのだ。そして又探偵小説とはどういう関係があるのだ。とひらきなおられると、いささか閉口である。稲垣氏の旅順海戦館から、ふと思い出して書き始めたが、いつかこんなものになってしまった。読者諒焉（りょうせよ）。

声の恐怖

影というものを、人間から切り離して考えるのと同じように、声というものを、抽象的に、それの発する源を別にして考えることは、かなり恐ろしいと思う。カンカンと日の照りつけた白昼銀座のペーヴメントかなんかを、黒い影だけがヘラヘラと歩いていたら、ずいぶん怖い。同様に、見渡す限り人影の見えぬ、野原かなんかを歩いていて、どこからともなく、囁き声で、「モシモシ」なんて呼ばれたら、そして、いくら見廻しても人の姿がなかったら、こんな恐ろしいことはあるまい。

私は子供の時、母親からよく谺の話を聞かされて怖がったものである。まだ実物を知らなかっただけに、一層変な感じがした。山の中で、「オーイ」と呼ぶと、まず一番大きな谺が「オーイ」と答える。それを聞いて二番目に大きな谺が少し小さい声で「オーイ」と応じる。そして第三、第四、第五と無数の、だんだんに小さな谺が、ウワー、ウワーとそれをくり返して、しまいに消えてしまう。私は谺という生き物がいるのだと信じていた。姿のない生き物という感じが、無性に怖いのであった。

幻聴というものが、声の恐怖の最も大きな題目かも知れない。幽霊は多くの場合幻視なのだが、幻聴の幽霊も往々にしてある。つまり、声だけのお化けなのだ。ポオの散文詩に「影」というのがあって、そこへ出て来る幽霊は、異常に大きな影と不気味な声とからできている。この世の二つの恐怖である影と声を組合せたところは、さすがにポオだと思う。その声の書き表し方が又、実にすばらしいのだ。

「そして、私達七人の者は、おじ恐れてたちまち飛び上り、顔青ざめて、ぶるぶる顫えながら立ちつくした。なぜというに、その影の声の調子は、ただ一人のそれでもなく、又群集のそれでもなく、一ことごとに調子が変り、沢山のなくなった友人達の、聞き覚えある音調となって、私達の耳に物凄く落ちて来たのである」

心理学の実験に、透明体凝視と貝殻聴聞という、互いに似通った変てこなものがある。前者は、西洋のうらないなどに利用されたが、水晶の球とかガラス球とかを、じっと見つめていると、その中へ、思うことが現れて来るというのだ。透明な球というものは、何となく神秘的で、潜在意識を呼び出すのに、最も好都合なのであろう。後者は海辺に落ちている貝殻を拾って耳に当てると、共鳴の理窟で波の音などが貝の中から聞えて来るような気がする。それをじっと続けていると、やっぱり一種の幻聴に相違ないのだが、意味のある言葉が聞え出すというのだ。心理学的に解釈のつくことだけれど、妙に怪談めいて、怖い感じがする。

幻聴というものは、軽微な神経衰弱によって、聞くことができる。耳鳴りが一種の幻聴だしそれが嵩じて言葉をなしたものでも、私は時々聞くことがある。汽笛のような耳鳴りから、少し進むと、蜂のうなり声のようなものになり、さらに進むと、それが意味を持って来る。現実ではとても不可能なほどの恐ろしい早口で、「早く、早く、早く」とか、そうかと思うと、極度にのろい調子で、「ばかばかしい、ばかばかしい、…………」とか、一つ言葉をくり返す。それがもう一歩進むと、本当の幻聴、つまり声の幽霊になるのかと思われる。

腹語法というものがある。日本では八人芸と云っている。口をとじて、鼻の穴から物を云う、一種の芸で、奇術師によくこの法を修得したものがある。やり方によっては、術者から遠く隔ったところで声がするような感じを与えることができる。劇場の天井裏から、変な言葉が響いて来たりすると、ちょっと凄いものだ。それの反対に、声の恐怖というではないが、例の読唇術なども、秘密曝露の意味で、探偵小説的な凄味がある。

文明の利器というものは、多く変な凄味を伴うものである。科学に対する好奇心は一部分その凄味から来ていないかと思う。たとえば望遠鏡、顕微鏡。あれを覗く時、私はある戦慄(せんりつ)を感じないではいられぬ。活動写真もそれである。映画の恐怖は谷崎潤一郎氏が「人面疽(そ)」に巧(たく)みに描いている。声に関するものでは、蓄音器、電話、ラジオ等がある。エジソンが蓄音器を発明した時、それをひそかに客間に備えつけて、友達にいたずらした話がある。誰もいない部屋で、突然人の声がする。友達は機械とは知らぬので、非常に驚いたということだ。人間から切り離された声の恐怖である。

電話というものも、考えて見れば、変に凄いところがある。声が切り離されているからだ。外国の探偵小説にはよく電話が使われている。中でも面白いと思ったのは、ある部屋で人が殺されている。探偵がそこへ駈けつけた時には、すでに明らかに死んでしまっているのに、その死人が妙な声を出すのだ。それがいかにも凄い感じで、シューシューというように響く。幽霊じみた凄さだ。ところが、よくよく検(しら)べてみると、被害者が苦しまぎれに、電話で警察を呼んだまま息が絶えたので、受話器がはずれている。そこへ相手の方から「一体どうしたのだ」と、騒がしく聞いて来る声が、送話口からシューシューという響(ひび)きで、洩れていたことがわかる。ちょっと凄味が出ていた。

ラジオも同様に怖い感じがある。空中を一杯に、幾十方里にわたって、声が飛んでいる凄さだ。放送のない時、レシーバーを耳に当てて、じっと聞いていると、妙な感じがする。突然電車のスパークかなんかで、ビュウ……というような音が聞えたりする。そんな調子で、放送局以外のいたずら者が、とんでもない時分に、とんでもない放送をやり出しでもしたら、きっと気違いめいた凄さがあるに相違ない。

ラジオで思い出すのは、アメリカの都会などでは、放送のために雨量が変ったという話を聞くが、それに関連して、どこかの高山の頂上には、「高声にて話すべからず」という立て札が立ててあるそうである。なぜかと聞くと、そこで声を立てると、空気の加減で、山の麓へ雨が降るというのだ。一口噺めいているけれど、本当だとするといかにも凄い話である。

つまらない事を並べ立てたが、紙数もつきたようだから、このくらいにしておく、これを要するに声というやつは、たびたび云う通り、それだけ切り離すと、ちょっと凄味のあるものである。

江戸川乱歩　背徳幻想傑作集

性慾の犯罪性

性慾というものは、仮令それが正常なる夫婦間のものであっても、何かしら犯罪的な感じを伴うものだ。

原始時代の掠奪結婚の記憶であろうか。或はあらゆる宗教が性慾を重き罪と見做したことを思い浮べるのであろうか。又現に性慾行為が人に見せてならぬ恥しきものとされている為か。理由は兎も角性慾と犯罪とは隣同志みたいな感じがある。

最も美しい恋愛でさえもその排他性、孤独性、秘密性に於て、何となく犯罪的だ。『性的犯罪』とは、右の如き正常なる『性慾の犯罪性』が、埒を越え、極度に走って、異形の化物となって現われ、現行の法律に触れる場合を云うのである。厳密に云ってその間に根本的な差別がある様に思われぬ。

凡ての人類が軽微なる狂人であると同じく、我々は例外なく軽微なる程度に於ては性的犯罪者であるかも知れない。

『性的犯罪』の代表的なるものはフェティシズム、サディズム、マゾヒズム、ラストマーダーなどであるが、それらのおぞましき行為について、我々は全く無罪であると断言出来るであろうか。

我々は恋人の身につけた品物に異常な愛着を覚えたことはなかったか。美しい女に背中を叩かれて目を細めたことはなかったか。恋人の泣き顔を見て一層の愛慾をそそられたことはなかったか。『いっそ殺してしまい度い程可愛い』とか『食いつき度い程だ』とか『たべてしまい度い』とかいう考えを抱き或は口にしたことはなかったか。それらの感情は、恐ろしい性的犯罪者の感情と、どこが根本的に違っているのか。

でつまり、性的犯罪者の記録は、我々にとって全く縁なき世界の出来事ではないのだ。我々は彼等の感情なり行為なりをある程度まで理解することが出来るのだ。そしてそこに極度に拡大されたる潜在意識のお化けを発見して、不思議な戦慄、怖いもの見たさの、異様なる快感を覚えるものだ。

本叢書の『変態殺人篇』にはその様な我々自身の潜在意識のお化けが、ウヨウヨしていると思えば間違いはないのである。

張ホテルのこと

一月の項に書いてあるように、そのころ私は家を外にして放浪していることが多かったのだが、その市内放浪中、最も長く滞在したのは、町名を忘れたが、そのころの麻布区に、欧洲小国の公使館などがかたまっている区域があり、チェコスロヴァキア国の公使館のすぐそばに、中国人の経営する張ホテルという木造二階建て洋館の小さなホテルがあった。行きずりにそのホテルに気づき、いかにもエキゾチックな感じがしたので、入って「日本人でも泊めてくれるか」と訊ねると、美少年の日本人ボーイが出て来て、外国人ばかり扱いなれているらしい言葉使いで、私もまるで外国人であるかのような応対ぶりで、二階の道路に面した一室へ案内してくれた。

異国人の体臭の漂っている古風な廉っぽい洋室であった。模様のある壁紙は色あせて、ところどころにシミがあり、ベッドも古くさい鉄製のもので、そのそばにおいてあるテーブルや椅子も、いかにも西洋の安宿の調度という感じ、部屋のまん中に、鋳物の石炭ストーブが据えてあり、鉄板の煙突が、天井を横切って、窓の上から外に突き出していた。一方の隅には木の衝立で区切って、洗面台があるのだが、これがまた甚だ古風で、普通のホテルにあるような陶器製の洗面台や水道の蛇口ではなく、トタンを張った深い箱のような台の上に、琺瑯引きの洗面器がおいてあり、正面の壁には鏡がはめこみになっていて、その前の棚に、三升ぐらい入りそうな大きな琺瑯引きの水入れが、デンと据えてあった。全体が時代離れの感じだが、中にもこの洗面台が最も時代離れがしていて、なんだかヨーロッパの片田舎の、安宿へでも泊ったような感じで、東京にもこんな不思議なホテルがあったのかと、私はすっかり気にいってしまった。

部屋に入ってボーイにいろいろ訊ねて見ると、客はヨーロッパ人とシナ人と半々ぐらいで、日本人は殆んど泊らないということであった。また一泊の客は少なく、一週間とか一月とか滞在する人が多いともいった。その辺にある小国の公使館の下級館員や外来の外国人が利用する西洋下宿のようなものかと想像された。

窓から前の道路を見おろすと、全く人通りがない。広い道だけれども、行きどまりは袋小路になっているのか、たまに通るのはチェコスロヴァキアの公使館員か、洗濯屋などの御用聞きぐらいのものである。ここは日本ではなくて、ヨーロッパの小国かシナの国際都市の場末にでもいるような感じで、私は益々この奇妙なホテルが好ましくなった。そのころ私は市内の高級ホテルには、よく泊っていたが、そういうホテルとは全く感じがちがい、飜訳小説などで想像していた十九世紀末あたりの西洋の安宿への郷愁とでもいうような気分をそそられたのである。

そこで、私は適当な前金を払って、その部屋に一と月ばかり滞在することにした。西洋を放浪して、名も知れぬ場末（ばすえ）の安宿に滞在するという錯覚を楽しむ気持であった。そういうホテルだから、玄関にホールがあるわけでもなく、フロントらしいものがあるわけでもない。恐らく西洋人が住んでいた住宅をホテルに改造して、それからまた長（なが）の年月（としつき）がたったものであろう。宿泊料その他の交渉は、すべて美少年の日本人ボーイを、呼鈴（よびりん）で部屋に呼んでやることになっていた。ホテルの主人は欧米人でなかったことはたしかだが、張（ちょう）という名の中国人であったか、それとも、名称は張ホテルでも、そのころの主人は、日本人であったのか、今記憶がない。主人も一度ぐらい部屋へ来たかと思うがその顔が思い出せない。

これはまだ「悪霊」休載中のことなので、私はそこでつづきを書くつもりだった。それが私の家庭への口実ともなった。しかし、テーブルに原稿紙を置いて、何か書いたことは書いたが、物にはならなかった。結局何もしないで、半月ほどをそこで過したのである。一カ月滞在と申込んでおいたが、やっぱり退屈して、半月でそこを出てしまった。

そのころ私は人嫌いの最中なので、作家仲間とも全くつきあいをせず、随って、誰にもこのホテルに泊っていることを、知らせなかった。家内にも、金が無くなるまでは、知らせなかった。例の岩田準一君とは気が合っていたので、若し在京なれば、呼んだのであろうが、彼はそのころ東京に出て来ていなかった。だから、訪ねて来る客は全くなかった。雑誌社などへも知らせなかったことは勿論で、私は行方不明ということになっていた。

滞在中、何もしないでボンヤリしていることが多かった。窓にもたれて、人通りのない道路を見おろして、半日もじっと腰かけていることがあった。本も読まなかった。新聞も殆んど読まなかった。この張ホテルには食堂というものがないので、三度の食事はボーイが運んでくれた。まずい洋食であった。その食事中、そばに立っているボーイと話をするのが、一日のうちで口を利く唯一の機会であった。

泊り客は少ししかなかった。夜、隣の部屋から話し声が聞えてくることもあったが、私の知らぬ国の言葉だから、意味は少しもわからなかった。中国人ではなかった。多くはヨーロッパ小国の人々のようであった。また、そこは西洋人の連れ込み宿というのでもなく、そういう状景には一度も出会わなかった。退屈するとコッソリ映画を見に出かけた。あるときは美少年のボーイを誘い出して、少女歌劇を見に行ったりした。しかし、多くは部屋にとじこもっていた。そして、何か考えごとをしていた。何を考えていたのか、今では全く思い出せない。犯罪者が人目をさけて、場末の安宿にヒッソリと身を隠しているときに考えるようなことを、多分考えていたのであろう。

瞬きする首

今はもうすたれたかと思うが、縁日の見世物小屋などに、若い女の首だけが小さな台の上にチョコンと乗っかっていて、その首だけの娘さんが、瞬したり、笑ったり、歌を歌ったりするという薄気味の悪い趣向があった。あれは無論西洋奇術の応用であって、鏡を使ったり、台の形を色々にして、そんな小さな台の中へ人間の胴体が納まる訳がないという錯覚を起させるトリックなのだが、例によってそういう変てこなものに異常の愛着を持つ私は、これを西洋伝来のイカモノとして珍重していた。ところが近頃になって「瞬する首」の趣向は必ずしも西洋伝来でないことを知って、ちょっと驚かされ、日本人はアッサリしているようでいて、その実はなかなかの怪奇趣味者であることを、今更感じたのである。

私は御多分に漏れぬ元禄時代讃美の徒であって、当時の京大阪の風俗流行には、色々な意味で魅力を感じている中にも、初期歌舞伎劇の優婉怪奇の世界には魂を奪われるほどに思うのだが、その元禄劇の舞台に、ジゴマ、ファントマ以後の現代のわれわれの怪奇イカモノ趣味が、ふんだんに演ぜられていたということは、演劇史に暗かった私には、少なからぬ驚きでもあり喜びでもあった。

昔の怪奇といえば、支那伝来の怨霊の類か、でなければ天狗、猫化け、妖狐の類かと思うと、そうではない。そういうものも無論多分にあるけれど、そのほかに、もっと近代的な、いわば西洋イカモノめいた一種異様の思いつきが、至る所に使われている。「瞬する首」の趣向もその一つで、例えば元禄初期に京都で上演された富永平兵衛作の「丹波与作手綱帯」の狂言本によると、愛妾お菊が悪者のために斬られ、その首の斬口から子供が生れるという怪異があり、更に斬られた首が長押の上に乗って、忽ち目を開くよと見ると、地上の胴体に飛び移りそのまま首は胴につながって、今出産した嬰児を抱いたまま行方知らず失せにけりという、何ともこたえられない場面がある。挿絵を見ると、お菊の首が長押の上にチョコンと乗っかっていて「おきくがくび、めをあき、どうへつぐ」と書入れがしてある。このずば抜けた思いつきを、一体どのようにして演じたものか、まるでダンテ魔術団ではないか。

又元禄六年大阪で演じられた「仏母摩耶山開帳」には、もっと奇術的なものがある。正玄（しょうげん）という家老が斬り殺されたといって、その息子達の所へ家来が首を持参する。息子の一人はイザ仇討（あだう）ちにと行きかかるのを、今一人の息子が押止め、「待て待てこれ兵庫。先づ此首を誠の死首と思はるるか。総じて死首には五つの見所があり、右眼左眼天眼地眼仏眼とて此五つあり。然（しか）るに此首はろくろ暖かに額に脈あって息の通う事不思議なり。……正しく是は床板を切抜き、器物の中に親父首をつん出して居らるる。是親父早く出られ」と首を捕えて引出せば、床板を首に入れほうほう這（は）い出し云々という場面で、結局息子達を叛逆（はんぎゃく）の味方に引入れるための手段として、こんな馬鹿馬鹿しい狂言を仕組んだと分るのであるが、絵を見ると、正玄という老人が、首に首枷（かせ）のような板をはめて舞台の切穴の下へ胴体を隠し、首枷の板と舞台の板間とが同じ平面になるようにして、見物の眼を欺（あざむ）く仕掛けになっている。ちょっと見たのでは作りものの生首が板の上に乗っかっているとしか思えないのだ。「瞬する首」はほんの一例に過ぎないので、元禄歌舞伎にはこういう種類のケレンというか、カラクリというか、今の言葉でいえばグロテスクな分子が非常に多く、男が女に変装して、それが又男に変装するというような「裏の裏」を行く探偵小説的なドンデン返し等は、まるでそれが定法ででもあるように殆どすべての狂言に使われているし、（娘だと思っていい寄るとその実は若衆であったり、若衆と見て口説きかかると反対に娘であったり）「日本月蓋長者（げつがい）」という狂言には、われわれがジゴマやルパン物によって教えられた飾りものの鎧（よろい）の中に身を隠して、目の前の会話を盗み聞く趣向がちゃんと用いられているし、「閏（うるう）正月吉書始」では、鎧どころか、床の間に飾った大大根の中へ人間が隠れて盗み聞きをする。そのほか、水中奇術を応用した「水からくり」空中飛行の「中からくり」とケレンというケレン、トリックというトリックが滅茶苦茶に使用されている。これは一つは当時盛んであった人形あやつりの影響でもあろうけれど、太平に退屈し切った元禄人のイカモノ好みでもあったに違いない。無論これらの趣向は後の時代の舞台にも度々使われているけれど、元禄時代ほど陶酔的ではない。人間が利口になってしまったものと見える。

怪奇イカモノの意味からだけでも元禄の昔は懐しく思われる。

残虐への郷愁

僕にとって、それは遥(はる)かなる郷愁としてであって、夢の世界にだけ現われて来る、あの抑圧(よくあつ)されたる太古(たいこ)への憧れとしてであって、全く現実のものではない。そして、それは又、狂画家大蘇芳年のあの無残絵に現われたところのものでもあった。

僕はひと頃、本当の血の夢を知っている芳年の彩色版画にひきつけられたことがある。だが、芳年に刺戟されて無残小説を書いたなんてことはありはしない。僕自身の「火星の運河」を郷愁した心が、同じ夢の国の住人を愛したのに過ぎない。

石子責(いしこぜ)め、鋸引(のこぎりび)き、車裂き、釜(かま)ゆで、火あぶり、皮剝ぎ、逆磔殺(さかさはりつけ)などの現実を享楽し得るものは、神か、無心の小児か、超人の王者かであって、現実の弱者である僕には、それ程深い健康がない。しかし、それらのものが、一たび夢の世界に投影せられたならば、例えば、その実父を殺し、その実母と結婚しなければならなかったエディポス王の運命の残虐を歌った、あのギリシャ悲劇さえも、仮令(たとい)当時のギリシャ看客(かんきゃく)のような力に満ちたほがらかな現実感を以てではなくとも、又別の、もっと幻影の国的な恐ろしさで、享楽することが出来る。

芳年の無残絵は、単純でもあり、大きさや深さは欠いているけれど、結局僕の幻影の国では、ソポクレスの傑作悲劇と同室して、その末席をけがしているのだと云ってもいい。幻影の国の残虐の部屋。

その赤い部屋には亦、世界各国の神話と、古代伝説と、聖書、仏教経典などが、高い天井に届く程の大入道(おおにゅうどう)になって、いかめしく控えている。それらのものの残虐への郷愁の豊かさと深さはどうだ。それにはたった一つ「創世記」のあのアブラハムの試みの話を思い出すだけでも十分すぎる程であろう。一人子イサクを神への犠牲(いけにえ)として、我れと我が手で惨殺する為に、アブラハムは我子を殺すべきモリアの地へ、犠牲の我子の手を引いて三日の旅をした。彼にとってその三日間は数千年にも感じられたに違いない、あの恐怖と戦慄の物語を思出すだけでも十分すぎる程であろう。

この部屋には併し、だんだら染の尖(とが)り帽子を冠った道化者もいないのではない。ドン・キホーテの冒険がどうしてあんなにも読者を喜ばせ、笑いこけさせたのか。そこには赤い道化服で包まれた、特別においしい残虐があったからである。

芳年の血の絵は道化者ではない。生真面目な顔をした可愛らしい残虐の部屋の玩具(がんぐ)の一種である。しかし玩具とは云え、あれには狂人的稟質(ひんしつ)を持つもののみが覗(のぞ)くことの出来る、遙かなる太古の夢がある。何千年抑圧された残虐への郷愁がある。

「魁題(かいだい)百選相」の中の冷泉隆豊(れいぜいたかとよ)切腹の図では、腹部の切口から溢(あふ)れ出る血と百尋(ひゃくひろ)のすさまじさ。もう半分地獄を覗いている顔の大写し、顔面は鼠色(ねずみいろ)がかった薄緑、目は真赤に充血して、唇と舌とは紫色だ。芳年は死のお化粧が何と巧みであったことか。

「英名(えいめい)二十八衆句(しゅうく)」では「鮟鱇(あんこう)をふりさけ見れば厨(くりや)かな」の稲田新助(いなだしんすけ)裸女つるし斬りの図。「紅逆(くれないさかしま)に裁(た)つ鮭の手料理、庖丁嬲切(ほうちょうなぶりぎり)にす西瓜(すいか)の割方(わりかた)」アア西瓜が割れている。天井から逆まに縄でつるした全身が火星の運河である。その漆(うるし)をまぜた血の色の光沢。だが彼女はまだ死に切ってはいない。下の方、畳とすれすれにぶら下った青ざめた顔が、逆まに刀におびえて細い横目を使っている。

同じ「二十八衆句」の直助権兵衛(なおすけごんべえ)、顔の皮剝ぎの図。「あたまから蛸(たこ)に成(なり)けり六皮(むかわ)半」額に切口を拵えて置いて、そこを摑んでメリメリと、顎(あご)の辺まで顔一面の肉を剝ぐと、下には血まみれの骸骨が、まんまるになった目を引きつらせ、長い長い歯を食いしばっている。グッと握りしめて、青畳の上に芋虫のようにころがっている両腕の構図。あの腕の表情の恐ろしさは、別の「東錦浮世稿談（あずまにしきうきよこうだん）」の蝙蝠安の斬りつけられてヨロヨロと逃げ出している手と足の、あるにあられぬ表情と共に、芳年構図の圧巻であろう。

神は残虐である。人間の生存そのものが残虐である。そして又本来の人類が如何に残虐を愛したか。神や王侯の祝祭には、いつも虐殺と犠牲とがつきものであった。社会生活の便宜主義が宗教の力添えによって、残虐への嫌悪と羞恥を生み出してから何千年、残虐はもうゆるぎのないタブーとなっているけれど、戦争と芸術だけが、夫々全く違ったやり方で、あからさまに残虐への郷愁を満たすのである。芸術は常にあらゆるタブーの水底をこそ航海する。そして、この世のものならぬ真赤な巨大な花を開く。芳年の無残絵も、その幻影の花園の小さい可愛らしい一つの花だ。

芳年の無残絵は、優れたものの程、その人物の姿体はあり得べからざる姿体である。しかし、あり得ないけれども真実なる姿態である。写実ではない。写実ではないからこそレアルである。本当の「恐怖」が、そして「美」がある。

鏡怪談

神殿の奥深く鏡が懸けてある。それは親しいものではなくて怖いものである。神の神秘的な威厳を示すにふさわしいものである。邪悪なる者はその前に畏怖するであろう。鏡が怖いというと笑う人がある。しかし私は鏡が怖いのである。何畳敷きだかの日本間の真中に鏡を置いて、深夜暗中に、未婚の女がこれを見る時は、その鏡面に未来の夫の姿が映るという話を、子供の頃聞かされてゾーッとしたことがある。中学生の時、物理の時間に、一つの凹面鏡が生徒の間に回され、皆が自分の顔をそれに映して見たことがある。誰も怖がるものはなかった。しかし私は非常に怖かった。自分の顔が何十倍に拡大されて映るからである。一本一本の産毛が銀色の草のように見えた。皮膚が地震の時の地面の亀裂のように見え、その間に黒い毛穴がほら穴のように開いた。「松山鏡」の昔噺も私は面白がるよりは怖がって聞いた。鏡をはじめて見た人の驚きと恐れが、お化けと同じ怖さで私に迫って来た。

だから私はジョージ・マクドナルドの「鏡中の女」やエーウエルスの「プラーグの大学生」の怪談に人一倍の魅力を覚える。鏡中の影か、現実に自分が二人になったのか、それが混同錯覚される所から鏡怪談が生れる。ポーの「ウイリアム・ウイルソン」の恐怖、東洋の離魂病の恐怖である。ラヴクラフトというアメリカの異常な怪談作家の短編にこんなのがある。人間世界とは次元の違った怪物の国に生れた男が、ふとしたことから異次元の人間世界に迷い込んで、ある豪奢な大邸宅に入って行く。そこの広間の壁に大鏡がある。彼はその鏡面に生れて初めて自分の姿を見た。それはその辺にいる人間共とはまるで違った世にも恐ろしい妖魔の姿であったというのである。化物自身が我身の姿に恐怖する気持が、ギョッとするように描かれている。

私も鏡怪談を書いたことがある。「鏡地獄」というのである。中に人間が入れるほどの大きさの球形の鏡を作って、主人公はその鏡の玉の中に入って見る。球体の鏡の内部は凹面鏡を無限につないだようなものである。そこには一体何が映るのであろうか。主人公はその中で発狂してしまう。

私は本紙主催のお化けと迷信の展覧会に実はこの球体の鏡が注文したかったのである。しかし、それはむつかしいので、代りに上下四方とも鏡ではりつめた小部屋を注文した。前を見ても、うしろを見ても、上を見ても、下を見ても、百千の自分の姿が無限につらなっている怖さを味わいたかったからである。一般には同感されないかも知れなぬ。しかし私はその鏡の部屋を、造りもののお化けなどよりは何十倍も怖いもののように考えている。

フランケン奇談

一

人間とそっくり同じ外形を作りだすことができれば、そのものは当然生命を附与され、意志や感情を持つのだという考えは、大昔から現代に至るまで、われわれの胸奥に巣喰う一つの不可思議な心理である。

宗教上の偶像崇拝も、なんらかこの心理につながりがあり、名人の作った人形に魂がはいって動き出すという、各国古来の説話は、いうまでもなく、この心理から発している。

ハニワがどんな役目をつとめたか、美しい仏像たちが、古来どれほど多くの人間を、有頂天な信仰に導いたか。私は古い寺院を訪ねて、怪異な、或いは美しい仏像群のあいだをさまようのが好きである。そこでは、私という人間が、なんとむなしくたよりない存在に見えることだろう。あの仏像たちこそ、いわゆる生きものではないかもしれぬが、少なくとも、われわれ人間に比べて、ずっとずっと本当のものであるという気がするのだ。

文楽の人形にしてもそうである。名人の使う人形は、所作（しょさ）をしないで、じっと坐っているときに、ほんとうに生きている。

彼らはちゃんと息をして考えごとをしている。芝居がすんで、楽屋の一間にとじこめられた人形たちが、深夜、ぼそぼそと話し合っているのが聞こえるというほどだ。あの人形に比べては、生きた人間の役者の方が似せものに見えてくるのは恐ろしいことである。

昔の人形師は、左甚五郎（ひだりじんごろう）ならずとも、人形に魂を吹きこむ術を心得ていたようである。

昭和四年の暮に不思議な事件があった。荒川の近くに住んでいる大井（おおい）という人が、蒲田（かまた）の古道具屋で、古い等身大の女人形を買い求め、家に帰ってその箱をひらくと、生きているような美しい女人形がニッコリ笑った。それがもとで、大井氏は発狂してしまった。

細君が恐ろしくなって、箱ごと荒川へ捨てると、水は流れているのに、人形の箱だけがぴったり止まったまま、少しも動かない。かさなる怪異に胆（きも）を潰（つぶ）した大井氏の細君は、その箱を拾いあげて、近くの地蔵院という寺に納めたのである。

好事家（こうずか）が調べて見ると、箱の蓋に古風な筆蹟で『小式部』と人形の名が書いてあった。だんだん元の持主をさぐったところが、三十年ほど前に、熊本のある士族から出たもので、その元の持主はこの人形と二人きりで、孤独な生活をしていたが、人形の髪を手ずから色々な形に結ってやったりするのを、近所の人が見かけたということまでわかった。

更に昔にさかのぼって、この人形の由来を調べると、こういう奇談が判明してきた。文化のころ、吉原の橋本楼の小式部太夫という遊女があって、同時に三人の武家に深く思われた。彼女はその三人に義理を立てるために、人形師にたのんで自分の姿を三体きざませ、武家たちに贈ったのだが、不思議なことには、人形のモデルになっているあいだに、小式部はだんだんからだが衰え、最後の人形が出来上ると同時に、息を引きとったというのである。

ポーの『楕円形の肖像』と、そっくりの話である。当時私は新聞でこの事件を読んで、大いに興味を感じ、『人形』という随筆を書いたほどである。熊本の士族が、小式部人形と二人きりで暮らし、ときどきその髪を結いかえてやっていたという話は、無気味にはちがいないが、私には何か同感をそそるところがあった。

近代になって、このような古来の人形怪談に『人造人間』という新らしいアイディアがつけ加わってきた。人造人間には二つの型がある。その一つはチェッコの作家チャペックの戯曲から流行語となった『ロボット』で、元来は諷刺と恐怖の要素を含んでいたのだが、今日では産業上のオートメーションの一つの道具として、建設的な意味にも用いられている。世界の科学者は理想的ロボットの製作を競い、この機械人間は一歩一歩真の人間に近づきつつある。

もう一つの型は、チャペックよりも一世紀近くも前に、英詩人シェリー夫人が書いたフランケンシュタイン物語から一般語となった、兇悪無残の人造人間である。フランケンシュタインというのは、それを製造した科学者の名であるが、戦慄すべき人造人間そのものの名のように考えられている場合が多い。

イギリスの女流探偵作家セイヤーズは、怪奇文学の中にフランケンシュタイン・テーマという一項目を設けているほどで、西洋にも人形怪談は非常に多いのだが、その一番古い傑作は恐らくドイツの怪奇文学者ホフマンの『砂男』であろう。大学教授が二十年を費して、自分の娘として造り上げた自動蠟人形オリンピア嬢は、人形なるがゆえに、人間の美人よりも美しい。ナタニエル青年は生きた人間の娘たちを捨ておいて、この人形に夢中になる。人形の方が人間よりも、もっとほんとうに生きていたからである。

私は多くの西洋人形怪談を読んだが、それらの中で最も深く印象に残っているものが三つある。それを次に書いてみようと思う。

二

さるころ、機械仕掛けの玩具を考案する細工(さいく)人として、ヨーロッパにその名を喧伝された名人があった。自宅の一室を細工場にして、誰も中へ入れないで、興のおもむくままに、コツコツと、さまざまの自動玩具を造っていた。その中には、二時間も人間をのせて歩きつづける驢馬(ろば)だとか、煙草をふかし、ビールを飲み、二こと三こと話しさえする等身大の人形だとか、人をアッといわせるようなものがあった。

この細工人はもう老人で、一人の娘と暮らしていたが、ある時、娘と一緒に舞踏会に招待せられた。娘は一と踊りしたあとで、友達のお嬢さんたちと一とかたまりになって休息しながら、お喋りをしていた。

「男の人って、なんて退屈なんでしょう。踊りながら話すことといったら、誰でもきまりきっているし、じきに疲れてしまって、ハンカチで顔をふいたり、靴を踏んづけたり、ほんとうにうんざりしちゃうわ」

「そうね。電気仕掛けの人形なんかのほうが、よっぽどましだわ。だいいち、人形なら疲れるっていうことがないでしょう。いつまでも、しっかり抱きしめてくれるし、ステップが乱れることもないし、ハンカチで顔をふかないだけでも、よっぽど気がきいているわ」

細工人の老人は、この会話をそしらぬふりで聞いていたが、その晩帰宅すると、娘をとらえて、しきりにダンスのことを訊ねた。理想的なダンス・パートナーというのはどんな人だとか、踊りながら、いったいどういう話をするのだとか、今はやりのステップはどんな風だとか、くどくどと聞きただしたが、その翌日からというもの、老人は細工場にとじこもって、何かしきりと仕事をしている様子であった。

日がたつにつれて、娘は好奇心のあまり、ときどきドアの外から立ちぎきをしたが、中では何かブツブツ独りごとを云っている声がして、おかしくてたまらないような含み笑いの声なども聞こえてきた。

それからしばらくして、彼ら親子は又、あるお屋敷の舞踏会に招待せられた。娘の友達のお嬢さんがたも揃っていた。老人はあとから何か珍らしい贈物を持ってやってくるという前ぶれだったので、人々はそれを待ちかねていた。

やがて、その屋敷の主人が、老人と、もう一人の滑稽な恰好をした人物をつれて、舞踏室に現われ、一同に二人を紹介した。老人といっしょにやって来たのは、蠟細工の顔を持ち、燕尾服を着た、鉄製の機械人形であった。

老人は、この前の舞踏会での、お嬢さんがたの会話からヒントを得て、理想的な、疲れを知らない踊り相手の人形を作ったのだといい、この青年紳士と一つ踊ってみて下さいと申し入れた。

お嬢さんたちは、はじめは気味わるがって顔見合わせていたが、最も勇敢な一人のお嬢さんが、とうとうこの人形青年と踊ることになった。老人はそのお嬢さんに、ステップの速度を調節したり、機械をとめる仕掛けを説明してから、人形の燕尾服の裾をまくって、背中にあるボタンを押した。すると、人形青年はお嬢さんをしっかり抱きしめて、コツコツとステップを踏みはじめた。なかなか見事である。

楽師たちは笑いながらワルツの曲を奏し、二人は衆人環視の中で円を描いて規則正しく踊り出した。

やがて、青年人形は踊りながらお嬢さんの耳に、妙なしわがれ声で、こんなことを囁くのがきこえて来た。

「あなたは今夜はすてきですよ。……この服はよく似合いますね。……僕たちのステップはほんとうによく合うじゃありませんか。……あなたとならば、一生だって踊りつづけたいですよ」

そして、しばらく踊りつづけているうちに、お嬢さんはすっかり嬉しくなってきた。

「なんてすばらしいパートナーでしょう。あたしも、このお人形さんとなら、一生だって踊れるわ」

彼女は老人に向かって讃辞を投げながら、ヒラリヒラリと軽快に踊りつづけた。

見物していた一同も、それにつられて、互いに相手を選び、賑かに踊りはじめた。音楽はいよいよ調子を高め、やがて徐々にそのテンポを早めていった。ステップは刻一刻速度をまし、広い舞踏室は華やかなリズムのエクスタシーにふるえた。そのころには、細工人の老人は屋敷の主人と共に別室に退いていた。

時がたつにつれて、疲労のために落伍するものが出てきた。三組、四組、五組、ついには全部の男女が壁際の椅子に退いてしまった。あとにはただ人形とあのお嬢さんの一組だけが、恐ろしい速度でステップを踏みつづけていた。機械人形は疲れというものを知らなかった。彼の鉄の腕はますます強くお嬢さんの胸をしめつけていた。この一組の無人の境を行くがごとき物狂わしい舞踏ぶりは、目もくらむばかりはれがましく、鮮やかであった。

いったい人形青年はいつまで踊りつづけるつもりであろう。楽師たちも疲れはてて、もう奏楽をやめてしまった。シーンと静まり返った広間の中を、無生物と人間の娘の一組は靴音すさまじく永遠の回転をつづけていた。人々は怖くなってきた。蠟製の無表情な人形の顔が何か意味ありげに見えはじめた。

しばらくすると、舞踏を見ていた一人の娘さんが恐ろしい悲鳴をあげた。舞踏人形に抱かれているお嬢さんが、まっ青になって失神しているのに気附いたからである。彼女は人形の鉄の腕にしめつけられたまま、気を失っていたのだ。強力な機械人形はお嬢さんをぶら下げて、一人で踊っていたのだ。青年紳士たちはただうろたえるばかりで、人形に飛びかかって行く勇気がなかった。人々は痴呆のように茫然（ぼうぜん）とたたずんでいた。

人形は少しも速度をゆるめないで、狂気のように踊り廻った。方角が狂って、しばしば柱やテーブルにぶっつかったが、倒れもしないでそのまま方向を変えながら、広間の中を四角八面に狂いまわった。花瓶や置時計やコップなどが床に落ち、恐ろしい音を立ててこなごなになった。お嬢さんの唇が破れ、顎から白い衣裳の胸にかけて、まっ赤な液体が流れおちた。

人形はこの兇暴をあえてしながら、端麗な顔を少しもくずさず、三分毎に、あの機械仕掛けの優しい言葉で、失神したお嬢さんの耳に囁いていた。

「あなたは今夜はすてきですよ。……この服はよく似合いますね。……あなたとなら、一生だって踊りつづけたいですよ」

三

私の友人に往昔のフランケンシュタインに似た変りものの学者があった。彼はいわば一種の錬金術師であった。自宅に大きな工房を持っていたが、私にその中を見せたことは一度もなかった。

ある晩、私は又彼を訪ねて、工房の隣の書斎で、例の哲学談に耽った。私は彼がこのごろ妙な機械人形を作っていることを知っていた。彼はその機械に生命を吹き込むことが出来ると主張したが、私は無論それを信じなかった。彼は植物の蔓(つる)や根が意志あるもののように動きまわることや、鉱物の美しい結晶の例を引いて、植物は勿論、鉱物にさえ思考力のあることを証明しようとした。あらゆる生命はリズムから生れる。いやしくもリズムのあるところ、必ず意識があるというのが彼の持論であった。

話しているあいだに、工房のドアのむこうから、何か妙な物音がきこえてきた。生きものが歩きまわっているような気配である。彼の工房には一人の助手がいたけれど、その男はとっくに帰宅したことを、私はよく知っていた。そのほかには彼の家に人はいないはずである。

そのうち、彼は工房のほうに気を取られて、話もうわのそらになってきた。私を邪魔にしていることがはっきりわかったので、いとまを告げて外に出た。雲が低くたれて、今にも降り出しそうな闇夜である。私は彼との議論を反芻(はんすう)しながら歩いていたが、どうしてもそのまま自宅へ帰る気にはなれなかった。今別れたばかりの彼の顔を、もう一度見たいという衝動をおさえかねた。

大粒な雨が降り出した。烈しい稲妻と雷鳴がそれにともなった。私はその雷雨のなかを、自宅とは反対の方角に走った。気ちがいめいた異様な昂奮が私を駈り立てたのである。

びしょ濡れになって、彼の書斎へはいっていくと、燈火は消えて、さいぜんまで彼の坐っていた椅子は空っぽであった。耳をすますと、隣の工房の中に物の気配がした。私はソッとドアのノッブを廻してみた。どうしたわけか、鍵はかかっていなかった。

広い工房の中にはただ一つ蠟燭の焔がゆらめいているばかりだった。こちらを向いて腰かけている彼の顔が赤茶けて見えた。その手前に、テーブルをへだてて彼と相対している、もう一人の人物のうしろ姿があった。大男ではないが、ひどく肩巾が広くて、首の短い獰猛な恰好の人物である。

二人は西洋将棋を戦っていた。私の友達は相手の顔ばかり見つめていて、私が覗いていることを、まるで気づかぬ様子だった。将棋は終りに近いらしく、非常な緊張が感じられた。むこうを向いた人物は、カラクリ仕掛けのようなぎこちない手つきで駒を動かした。やっぱりそうだ。彼が作ったという機械人形はこれにちがいない。

将棋の形勢は機械人形に不利らしく見えた。負け将棋のイライラした様子が、彼の甚しく非人間的なうしろ姿に現われていた。彼はときどき短い首を傾けて、考えるような恰好をした。そして、妙な手つきで前のテーブルを、さも腹立たしげに、力一杯たたきつけた。すると、私の友達は非常な恐怖の色を浮かべ、椅子をあとじさりさせて、防禦の姿勢をとるのであった。

それから、息づまるような二、三手ののち、ついに勝負がついた。友達はサッと駒を動かし、異様なふるえ声で「王手！」と叫ぶがはやいか、いきなり立ち上って、椅子のうしろに身を隠した。

怪物はしばらくのあいだ身動きもしなかったが、突然、ブルッと肩をゆすったかと思うと、スックと立ち上った。そのうしろ姿は、私が生れてから一度も見たことのないような異様なものであった。どこからか物のきしる音がきこえて来た。調節を失した歯車がめちゃくちゃに回転しているような音響。遠雷の音ではない。怪物の鉄の体内から発する激怒のきしみである。

機械人形は立ち上ったかとおもうと、まるで水泳の選手がダイヴィングをするときのような、不安定な恰好で、私の友達の方へ、からだ全体を投げかけていった。異様に長い両手が前方に突き出され、相手の喉をねらっていた。

テーブルも椅子も、たちまちメリメリと押しつぶされ、蠟燭が消えた暗闇の中から、喉をしめつけられてゼイゼイいう苦しい呼吸の音だけがきこえてきた。私は友達を助けるために、その物音を目あてに駈けよろうとした。その瞬間、工房の中が真昼のように明かるくなり、恐ろしい雷鳴がとどろきわたった。

一刹那(せつな)の閃光が、私の網膜にあの光景の写真のように焼きつけてしまった。友達は怪物の下敷きになって鉄の腕で喉をしめつけられていた。両眼は眼窩(がんか)を飛び出し、口はひらくだけひらいて、舌が恐ろしい長さで歯の外につき出されていた。

上になった怪物の彩色された顔は全く無表情であった。将棋の手でも考えこんでいるように、そこには少しの怒りも現われていなかった。

四

君、あの男だよ。あれが今から八年前までは、世界を股にかけて興行して廻った有名な腹話術師のなれの果てだよ。元は立派な八字髭をはやしていたんだが、それを剃りおとして、あんな安物の服を着て、人目をくらましているつもりなんだ。名前も偽名を使っているんだよ。いや、あっちを見ちゃいけない。僕の方でも、わざと知らぬていにしているんだからね。（ある食堂で食事をしながら、興行ものに関係

している私の友人が、こう話しはじめたのである）

八年前までは、大した人気だった。腹話術というのは、君も見たことがあるだろう、十二三歳ぐらいのおどけ人形を、自分の膝にのせて、右手を人形の上衣の下から背中に入れ、人形の首を動かしたり、目をギョロギョロやらせたり、口をパクパクさせたりして、腹話術で人形のこわいろを使い、人形と冗談を云いあったり、喧嘩をしたりして見せる、あの芸なんだよ。そのだいじな人形は黒ビロード張りの箱の中に入れて、楽屋入りするとき持ってくるんだがね。

ところが、あの男は舞台で話し合うばかりでなく、宿へ帰っても、ひまさえあれば、人形を箱から出して、舞台と同じやり方で話し合っているんだ。独り者で、ほかに話相手もいないものだから、まるで人形を弟のように思っていたんだね。給金もちゃんと人形に分けてやるし、食事のときには、木で作った人形の口へ、ミルクなんか流しこんでやるしまつなんだ。

時によると、二人で喧嘩をしていることがある。「こらっ、きょうの舞台はなんてざまだ。こっちが顔が赤くなるじゃないか」「なんだい。おれのせいじゃないやい。とちったのはお前の方じゃないか」なんて、人形がやり返す。すると、あの男が又、ドラ声でわめくというあんばいで、一晩じゅう、そうして喧嘩していることもあるんだ。

僕は最初は退屈ざましの冗談かと思っていたが、本人は決して冗談じゃないんだね。人形を全く生きもの扱いしているんだ。ほんとうに可愛がるし、ほんとうに腹を立てるんだよ。

ところがある時、あの腹話術師が生れてはじめての恋をしたんだ。そして、その女と一緒になり、興行主にねだって、女を舞台の助手に使うことにした。

そうして、しばらくやっているうちに、不思議なことがおこってきた。あの男が自分の使う人形に対して嫉妬しはじめたんだよ。女が人形の頰をなでたとか、いつも人形に流し目を使うとか、ある時などは、女が人形の口へチョコレートを入れてやったといって嫉くんだね。そういうやきもちが、だんだん烈しくなっていった。

半年ほどたったころ、女が家出をして、姿をくらましてしまった。いい男でも出来たんだろうね。すると、先生非常なしょげかたで、見るも哀れな有様なんだ。そして、死にもの狂いの権幕で人形を責めたてる。こんなことになったのは人形のせいだと思いこんでいるんだね。

僕が立ち聞きしていると、ある晩、楽屋で例の問答がはじまった。「きさま、おれの女房をどこへ隠した？　さあ云え。云わないとただではおかんぞ！」すると人形がキイキイ声で、「おいらの知ったことか。お前が二本棒だからだよ」「なにっ！　もういっぺん云って見ろ。いのちが惜しくなかったら、もういっぺん云って見ろ」「なんだその顔は、何度だって云ってやる。二本棒だから二本棒だといったが、どうした」「うぬっ、さあ覚悟しろ！」

わめいたかとおもうと、あいつは人形を手荒らく箱に入れ、それを小脇にかかえて、楽屋を飛び出した。僕はなんだか変な予感がしたので、そのあとをつけて行ったもんだよ。

やつは途中で金物屋へ飛びこんで、一梃の斧を買うと、そのまま宿に帰った。僕は宿の主婦と二たこと三こと話をしてから、やつの部屋へ上って見ると、ドアに鍵がかかって、いくら叩いても返事がない。僕はお神さんを呼んで、合鍵でドアをひらかせた。

そして、一歩部屋に踏みこむと、あっといって立ちすくんでしまった。人形箱はひらいたまま、人形の死体が、見るも無残にくだかれて、部屋中にちらばっていた。木製の顔はきずだらけで、ガラスの目玉はえぐり取られ、下顎は蝶番のところから引き裂かれ、手足もバラバラになって飛びちっている。そして、そのそばにさっきの斧が投出してあったのだよ。

殺人犯人は部屋の中にはいなかった。風をくらって逃亡したんだね。窓から樋をつたっておりたらしく、窓があけっぱなしになっていた。

それっきり、あいつは行方不明になってしまった。どこの興行界にも姿を現わさなかった。それからちょうど八年目だよ。つい二三日前、ここでひょっこり、やっこさんに出くわしたのさ。立派な八字髭を剃りおとし、わざとみすぼらしい身なりをして、本人としては変装しているつもりなんだよ。こちらが声をかけても、そしらぬふりをしているんだ。あいつは八年前の殺人罪を、いまだにびくびくしているんだね。見たまえ、あいつを。世を忍ぶおたずねものといった、おどおどした、実にあわれな顔つきをしているじゃないか。

江戸川乱歩　背徳幻想傑作集

国家ごっこ

私は小学校に入る前から中学卒業までのあいだ、Tという同年の親友をもっていた。あとにも先にもTほど仲のよかった友達はいない。

私の父の店は名古屋市の元の株式取引所の前にあったので、そこに並んでいる株式仲買人（今の証券会社）の子供たちとよく遊んだ。Tもその一人で仲買人の子であったが、中学を出ると間もなく病死してしまった。

Tとはじめて出会ったのは五歳ぐらいのときであった。株式取引所の広い前庭で、ひょっこり顔を合わせたのである。取引所も引けてしまった夕方で、あたりには誰もいなかった。

二人は十メートルも離れて、向かいあって突立ったまま、長いあいだ睨み合っていた。子供というものは動物に近いので、ちょうど犬と犬とが、初めて出会ったときに似ていた。犬がそうするように、私たちは臆病らしく、少しずつ近よっていった。それだけを覚えている。近づいて行って何を話したのか、それとも、だんまりで別れたのか、全く記憶がない。ただ、遠くから睨み合っていたあの光景が、今でも絵のように浮かんでくる。

Tとはそれから急速に親しくなった。Tは鼻の高い名古屋美人系の顔をしていた。父母とも美男美女だったからであろう。「何々ちゃん！　あそばない？」というかわりに、その頃（明治三十年代）の名古屋では、「タロさまは、えも？」（「タロさまは、いりゃあすかえも？」を略したもの。「いりゃあすかえも」は「いらっしゃいますかえ」の意）といって表から呼び出す。タロとは私の本名太郎のこと。私の方からTをたずねるときには、彼の家の入口へ行って「Tさまは、えも？」と呼ぶのである。

そのTとは、あらゆる遊びを共にしたが、「国家ごっこ」もその一つであった。高さ十センチほどの将校か兵隊の瀬戸物人形がはやっていて、私たちはそれを何十となく買い集め、「国家ごっこ」をして遊んだ。たとえば、私の家の八畳の和室で、Tと私とが二つの国を作って遊ぶのである。国の境界線には積み木などが用いられた。そして、Tは八畳間の一方の隅、私はそれとは離れた他の隅に、それぞれ首府を構える。

「おれの国では……」「こっちの国では……」と、声に出して、何かと国内の整備をしたものである。この「おれの国」というのが口ぐせになって、オモチャ遊びをしないときでも、「おれ」という代りに「おれの国」ということが、よくあった。

菓子箱などで、宮殿や城郭を作り、国王や、侍従長や、重臣や、総理大臣や、そのほかの閣僚や、元帥や、将官や、佐官や、尉官や、兵隊などの人形が、適当の場所に並べられ、軍隊は練習場に整列し、軍艦は紐で区切った港に浮かび、その上には海軍の将校や水兵がのるのである。(そのころは、むろん、まだ空軍はなかった。)そういう遊びだから、小学校以前の幼時ではむつかしい。多分小学校二、三年のころだったのであろう。

さて、二つの国家が出来上ると、両国の国交がはじまる。それには一方の国の全権大使が部下を引きつれて、相手国を訪問しなければならない。広い畳の上を、両手で、幾人かの瀬戸人形をトコトコと歩かせ、相手国の境界線にはいるのである。すると、その国の外務大臣が出迎え、オモチャの大砲が歓迎の号砲を発射する。それから、外務大臣はこちらの使節を宮殿に案内して、国王に謁見させるという順序だ。全権と外務大臣、全権と国王の会話は、すべて、私とTがコワイロを喋るのである。

そういう遊びが一般に流行していたわけではなく、私たち二人の発明であった。そのころは日露戦争の直後で、小村寿太郎全権が講話談判で活躍したあとなので、子供の遊びにも、そういう世相が反映していたのである。

やがて、何かのきっかけで、両国不和となり、ついに戦争がはじまるのだが、この戦争が遊びのクライマックスなのである。瀬戸物人形の軍人が列を作って出陣する。オモチャの軍艦は、紐で仕切った海面を遊弋する。そして、海陸相呼応して戦うのだ。

陸にはオモチャの野砲が砲列をしき、パチンパチンとかんしゃく玉の砲声をあげ、ピンポン玉かなんかが、砲弾がわりに敵陣に投げこまれる。すると、そこに整列していた瀬戸人形の兵隊が、算を乱して倒れるのである。

結局どちらかが勝って、国王が相手国へ乗りこんで行くこともある。直接国王同士が談判するか、或いは全権大使によって講和会議が開かれ、敗けた国は領土の一部を敵国に割譲（そのころの用語）することになる。「ここからここまでだよ」といって積み木の境界線を置きかえるのだ。

私は、自分たちで発明した、この「国家ごっこ」が面白くてたまらなかった。中学の一年生ぐらいになっても、ときには、この遊びをやってみることがあった。これは戦争将棋を具体化したようなもので、一つの国家とその国民を、思うままにあやつっているのだという気持が、ひどく愉しかったのである。

戦争だけではない。この国家には大蔵大臣も、造幣局もあって、オモチャの紙幣がやりとりされ、敗戦の際には賠償金にも使われた。また、国王から臣下に、その紙幣で月給を支払うことまでやったものである。

あのころの遊びを、一つ一つ思い出してみると、それぞれに面白いが、この「国家ごっこ」は、そのうちでも最も愉しかったものの一つである。ほかに「旅順海戦館」という四畳半一杯の大仕掛けな遊びのことは、いつか随筆に書いた。また、ギンナンの実や椿の種でやる角力ごっこ、これも「ビイ玉」という小文を書いている。それに幻灯というものの郷愁。レンズ遊びの面白さ。これについては「レンズ嗜好症」という随筆を書いたことがある。それらが、幼少年時の私を喜ばせた遊びの主なものであった。

【解説】

疑念と戦争と暗黒のユートピア

長山靖生

人はなぜ秘密を語りたがるのだろう。乱歩作品には、自分が心の奥底に秘めてきた後ろ暗い過去や疑念を、よく知らぬ相手に語り尽くしてしまう話者が、しばしば登場する。「押絵と旅する男」の話者もそうだし、「人間椅子」では〝加害者〟が〝被害者〟に自身の秘めた欲望を手紙で告白する。「二癈人」に至っては過去を語る存在が二人も登場する。生身の登場人物は二人だけなので、つまり作中の全員が語っていることになる。

乱歩自身も語ることを好んだ人で、「屋根裏の散歩者」や「人間椅子」などは、まだ骨子が決まっただけで全体がまとまりのない星雲状態にあった段階で、横溝正史にその物語を話したそうだ。語りながら相手の反応を見て、作品の構想を固めていったのである。これは後に、横溝が乱歩の勧めで博文館に入社し、『新青年』編集長を務めていた頃の出来事だが、なかなか執筆できずに家族にも行く先を告げずに出奔していた乱歩が、ふらりと横溝の下宿に現れたことがあった。その時乱歩は、具体的なものではなかったものの、暗黒のユートピアについて語り出した。それはその時点では、「パノラマ国奇譚」と名付けられていた物語だった……。

江戸川乱歩（一八九四～一九六五）は明治二七年に三重県名賀郡名張町に生まれ、大正元年に旧制愛知県立第五中学校を卒業したのち、父が事業に失敗したために上京して苦学し、早稲田大学予科を経て同大学政治経済学部を卒業した。在学中から探偵小説に深く傾倒したものの、日本には本格的な探偵小説を受け入れる下地がないと見て、創作は断念して貿易会社に就職。しかし一年程度で退職すると、職を転々とする生活をしばらく続けていた。その間も乱歩は、探偵小説への意欲を培っていた。

そして大正九（一九二〇）年に博文館の『新青年』が創刊され、海外探偵小説で人気を博するようになってきたのを見て取り、同誌に作品を投じた。大正一二年、「二銭銅貨」が同誌春季増大号に掲載されるとたちまちに評判となり、以降「一枚の切符」（同年）、「恐ろしき錯誤」（同年）を発表した。「二癈人」（『新青年』大正一三年六月）は同誌に掲載された四作目の作品である。夢遊病者の犯罪というモチーフは、当時しばしば用いられていたが、よく知られるトリックを裏返しにして使うのは乱歩の得意な手法で、「一枚の切符」にも見られた。また「二癈人」の語りは、心理的盲点を突いた姦計、さらには両者の心理的駆け引きを踏まえた重層性がある。心理学といえば「心理試験」（大正一四）が直ちに連想されるが、乱歩はそれ以前からフロイトの精神分析などの心理学に関心を寄せていた。「心理試験」にはミュンスターベルヒの『心理学と犯罪』を参考にしたと乱歩自身が明らかにしているが、「二癈人」の頃はすでに読んでいたのではないだろうか。

ところで乱歩には戦争の記憶が通奏低音のように流れている作品が少なくないが、「二癈人」もそのひとつだ。この小説で語られる過去はメインの夢遊病犯罪の前に、まず斎藤氏なる人物の青島役における戦場懐古談があった。おそらく壮絶であったろうその話が、井原氏に自分が起こしてしまったとされる事件の思い出を語らせる引き金となるのである。

作中の青島戦役が第一次世界大戦中のドイツ軍青島要塞の攻略を指すとしたら大正三年の戦役で、「二癈人」が発表される一〇年前の出来事ということになる。この戦いで日本陸軍は、日露戦争の旅順要塞攻撃のような無理な突撃戦を控え、大量の装備を確保して、兵站も整えたうえで攻略に臨もうとし、山東半島上陸から青島砲撃まで二か月を準備に費やした。このため戦果報道を待ち望む国内メディアは焦れて、「神尾の慎重作戦」と指揮官の神尾光臣中将（当時）を揶揄し、弱腰と非難した。

しかし強大な砲兵力を整えたおかげで、一〇月三一日に攻撃を開始するや、その日の夜には第一攻撃陣地を攻略、一一月三日には第二攻撃陣地も落とした。そしてドイツ軍は七日に降伏。本格攻撃からわずか一週間で青島要塞は陥落したのだった。こうした事情で、青島役は日本軍が戦った近代戦のなかでは人的被害の少ない戦いだった。それでも斎藤氏の顔面には無残な傷があり、体にも数か所の刀傷が残ったとされている。砲撃合戦中心の青島戦でも、刃を交える白兵戦、肉弾戦があったのだ。ちなみにこの青島役の時、乱歩は二〇歳で早稲田大学政治経済学部の学生だったが、年齢の近い者たちの出征があったために他人事ではなく感じていたのかもしれない。

また作中には、井原氏が〈それ（引用者註：彼が犯人とされた事件）からのち二十年の長い月日〉という言葉もある。すると彼らは日露戦争前後に学生だったのであり、乱歩のひと回り年長、作中年齢は四〇代に入ったあたりなのだろう。そんな二人が事件と戦争によって、健全な前途を失ってしまったのである。

「覆面の舞踏者」（『婦人の国』大正一五年一、二月）は妻を裏切る背徳的な遊びを試行した男が、知らなかった妻の一面にふれてしまう物語だ。乱歩には妻ないし恋人の不貞を疑って悩む男がしばしば登場するが、どこか嗜虐的な快楽を感じている節もなくはない。乱歩作品には『黒蜥蜴』（昭和九）を極点とする強い女の系譜があり、その男女関係には谷崎潤一郎のそれとはまた趣の違う被虐／加虐のエロティシズムも漂っている。

「お勢登場」（『大衆文芸』大正一五年七月）もそうした悪女ものに属すると同時に、生きたまま葬られてしまうエドガー・アラン・ポーの「早すぎた埋葬」の変奏でもある。偶然の出来事を前にふと悪心を起こし、瞬時に利用してしまう妻の描写は、閉じ込められた夫の恐怖と共に秀逸だ。ふと魔がさせば、誰もが犯罪者になりかねない可能性をもっていることに気付かせるところは、計画的犯罪よりもずっと怖い。

なお本作初出時には、末尾に「附記」として〈勧善懲悪の好む読者諸君に、この物語があまりに無残であることを御詫びしなければなりません。しかしながら、この物語の後において、おせいがどのような運命に遭遇したか、いよいよつのる悪業に、どんな恐ろしい罪を重ねて行ったか。そして、その最後が、諸君の望まれる如く悪人亡び善人栄えて終ったか、どうか、それはこの物語の作者のみが知っているところであります。もし作者の気持が許すならば、この物語を一つの序曲として、他日明智小五郎対北村お勢の、世にも奇怪なる争闘譚を、諸君にお目にかけることが出来るかもしれないことを申し加えておきましょうか。〉という魅力的な言葉が記されている。これを読むたび私は『黒蜥蜴』や『幽霊塔』（翻案だが）、そして『大金塊』などの女怪物を連想してしまうのだが、残念ながら直接の続編が書かれることはなかった。しかしお勢は何時でも何処にでも登場する存在なのであり、乱歩作品のそこここに匿名の姿を潜ませているように思う。

「人間椅子」（『苦楽』大正一四年一〇月）もまた形を変えた男のマゾヒズムを描いている。掲載誌『苦楽』は大阪のプラトン社が大正後期から昭和初期にかけて発行していた高級娯楽雑誌で、創刊時の編集長は直木三十五（当初は直木三十二）だったが、ほどなく二〇歳そこそこだった川口松太郎が後を引き継いだ。川口は大正一四年四月に乱歩への最初の執筆依頼の手紙を出しており、乱歩は「夢遊病者彦太郎の死」（後に「夢遊病者の死」と改題）を同誌大正一四年七月号に寄せた。

乱歩自身は「夢遊病者」の出来に不満があったようだが、読者の反応はよく、川口は続けて作品を請うた。この時のことを乱歩は〈無論持ち合せの筋なんてないので、夏のことで、二階の部屋で、籐椅子に凭れて、目の前に置かれたもう一つの籐椅子を睨んで、そして、口の中で椅子、椅子とくりかえしているうちに、ふと、椅子の形と人間のしゃがんだ形と似ているなと思い、大きな肘掛椅子なら人間がはいれる、応接間の椅子の中に人間がひそんでいて、その上に男や女が腰をかけたら、怖いだろうな、という風に考えて行ったのです。〉（乱歩「楽屋噺」）と回想し、その着想経緯を語っている。

乱歩は、実際に肘掛椅子の中に人が入れることが可能かどうか確かめるために、西洋家具が多く扱われていた神戸に出かけた。当時、神戸には横溝正史がいて、実家である生薬店で薬剤師として働いていたのだが、その横溝に外国人が引き揚げる時に家具などを売っていく、そういう店はどこかにないかと尋ねた。横溝がトーア・ロードの古道具屋に案内した。すると乱歩はその店で大きな肘掛椅子を見つけ、店員に〈この中に人間が入れるだろうかって聞いて、こっちはきまりが悪くってさ。〉（小林信彦編『横溝正史読本』、横溝正史談）という展開になったという。

なお作品名としては、はじめは「椅子になった人間」を考えたが、発表時にはひと捻りして「人間椅子」とした。この作品は多くの人気作家が執筆する『苦楽』において、大正一四年の読者人気投票で一位を獲得する好評価を得ている。また後に『黒蜥蜴』作中に「或る小説家の作品」として「人間椅子」への言及があり、乱歩自身にとっても愛着ある作品だったことが窺われる。

「目羅博士の不思議な犯罪」（『文藝倶楽部』昭和六年四月 探偵小説と滑稽小説増刊）は一種のモダン都市怪談であり、ドッペルゲンガーの変奏でもある。どちらも大正末期から昭和初期にしきりに取り上げられたテーマだが、都市生活者の匿名性とは、その均質化、類型化と同義であり、話者と目羅博士は閉園間際の動物園の猿の檻を前にして出会う、似たところのある人物だった。模倣する猿とは、私たちのことにほかならない。そして目羅博士の犯罪とその顚末には、欧米列強を模倣し続けた挙句にブロック経済圏を得ようとして〝日本の生命線〟を満蒙や南方に押し拡げようとしていた当時の軍部の動向をも連想させる。ちなみに満州事変が勃発するのは、昭和六年九月のこと。欧米列強の帝国主義を模倣した果てに、踏みとどまる地点を見失った惨劇が、まもなく始まろうとした。

「芋虫」（『新青年』昭和四年一月）は、発表当初からいわくつきだった。元々は雑誌『改造』の求めで昭和三年秋に執筆したものだったが、『改造』はそれまでプロレタリア文学や社会主義の論文を多く載せてきた関係で内務省から睨まれており、この作品は危なくて掲載できないとのことだったので、乱歩は『新青年』に原稿を渡したのである。探偵小説中心の『新青年』編集部はこれを喜んで受け取ったが、『改造』での経緯も併せて告げたため、編集部判（自主検閲）により多くが伏字とされての掲載となった。なお初出時の題名は「悪夢」と変えられたが、これは当時の編集長・延原謙から「「芋虫」という題は何だか虫の話みたいで魅力がないから、「悪夢」と改めてもらえないか」と相談があって了解したものだった。あるいはそこにも、傷痍軍人を芋虫に喩えることの危険性への配慮があったのかもしれない。本書には伏字なしの完全版バージョンを収録した。

それでも反軍主義を思わせる作風のために、左翼方面から激励の手紙が届くなどしたが、乱歩は「芋虫」についても他の厭戦・反戦的作品についても、思想イデオロギーに基づくものではないと、戦後にも明言している。乱歩は政治が人間の最重要課題とは思っておらず、文学はそれよりもっと深いところに本領があると考えており、要するに〈戦争小説であろうと平和小説であろうと、ミステリ小説の面白さが強烈であれば、よろしいのである。「芋虫」は探偵小説ではない。極端な苦痛と快楽と惨劇とを描こうとした小説で、それだけのものである。強いていえば、あれには「物のあわれ」というようなものも含まれていた。反戦よりはその方がむしろ意識的であった。反戦的なものを取入れたのは、偶然、それが最もこの悲惨に好都合な材料だったからにすぎない。〉（『探偵小説四十年』）と述べている。もちろん乱歩は戦争を忌む気持ちをもっていただろうが、それは思想的というより、もっと根源的な人間性の問題だった。

「芋虫」の須永中尉の身体損傷は重篤だが、戦争で身体の一部を失った傷病者（当時の言葉だと廃兵）は決して少なくなかった。目羅博士の眼科医院に並ぶ義眼の数々も、そうした人々の容貌回復のための装備であり、欧米で多大な犠牲者が出た第一次世界大戦後には急速に形成外科や義手義足義眼などの補綴技術が発達した。またメイクアップ術の向上にも傷跡の補正技術としての需要という側面があった。

戦前は日露戦争の英霊を湛えた「広瀬中佐」という唱歌が広く歌われたが、歌詞中に「飛び来る弾丸（たま）に忽ち失せて」との文句がある。子供の頃に耳で聞き覚えた際、私は「伏せて」だと思っていたのだが、やや長じて活字で見て「失せて」と分かり衝撃を受けた。実際、広瀬中佐の肉体は砕け散っており、「伏せて」などという状況ではなかったのである。それが近代戦争の現実だった。

「悪夢」発表当時、既に当局の検閲は強まっていたが、昭和一四年にはいっそう基準が厳しくなり、ついに「悪夢（芋虫）」の全文削除が命じられた。戦前の検閲は「安寧秩序紊乱（主に思想問題）」と「風俗壊乱（主に性描写）」の二項を問うたが、「芋虫」は両方で問題視されたという。乱歩作品にはほかにも部分削除や伏字を命ぜられるものも多くなり、出版社も掲載や出版を躊躇するようになったため、以後戦時中はほとんど執筆を休止することになった。

戦時中の乱歩は一国民として、家があった池袋丸山町会の防空郡長、町会部長、さらには町会副会長などを務めた。名目上の役職ではなく、実際に防空演習を指揮したり、割り当てられた国債購入や配給の平等化、円滑化に努めるなど精力的に活動した。乱歩は精緻な分析資料などの作成も得意で、町会実務でもその能力を発揮している。

なお文筆も完全に途絶えたわけではなく、少年物の『新宝島』（昭和一六）や、小松竜之介名義での〈知恵の一太郎ものがたり〉シリーズ（昭和一七）、さらに昭和一九年には軍事科学小説『偉大なる夢』を執筆、また文筆に近い仕事としては主に防諜関係の講演を行なっている。

戦後になると乱歩は執筆活動を本格的に再開するが、小説ではなく、海外探偵小説の紹介や探偵小説の分析分類といった評論随筆中心のものとなった。それでも敗戦直後の数年間は戦前作品の復刻出版が相次ぎ、世間には乱歩復権は強く印象されたはずだ。

戦後の乱歩は探偵小説の権威にしてその擁護者としての立場を強めていく。昭和二一年六月に乱歩邸ではじまった土曜会は、翌年六月には探偵作家クラブとなり、昭和三八年には社団法人日本推理作家協会へと改組、認可された。また雑誌『宝石』の編集を、時に私財を投じながら長く担い、多様な作風の新人をデビューさせることになる。そうした点も含めてまさに〝探偵小説の神様〟と呼ばれるにふさわしい存在だった。

「断崖」（『報知新聞』昭和二五年三月一〜一二日）は、そんな乱歩が戦後初めて執筆した大人向けの作品で、白石潔に熱心に依頼されたのに応じたものだった。白石は昭和二三年にジャーナリスト仲間で「探偵小説を愉しむ会」を作っており、その頃から乱歩と親しくなっていた。その白石が昭和二四年末に読売新聞機報部長から同系列の報知新聞編集局長に転じ、同紙で探偵作家の短編を連載しようと計画し、乱歩にも執筆を懇望したのだった。あるいは乱歩は、これに応ずるのも探偵小説界全体のためと思ったのかもしれない。

この作品では渓谷のつり橋という劇的な場所で、自分への気持ちが冷めた男が内奥に秘めている欲望と殺意を、女が指摘するサスペンスだが、正当防衛への認識が効いており、それが果たして本当に正当防衛なのか、危険な場所で男を挑発し、あえて破滅に追い込む女の姦計ではないのかという疑念を浮かばせる語り方がされている。後者だとすれば、ここにもまた〝お勢〟がいた。

「防空壕」（『文芸』昭和三〇年七月、一二巻九号）は戦争末期の東京空襲下を舞台に、一夜の夢の出来事とその幻滅を描いているが、空襲がもたらす劫火の描写が秀逸だ。それにしてもなぜ人は炎に惹かれるのだろう。連続時代劇では、第一話に火事の場面を入れるとヒットするとよく言われた。作中にもある〝江戸の華〟だ。私たちの中には破滅への欲望、タナトスへの誘惑が常に内在しているのだろうか。もしかしたら昨今の暖炉や焚火による癒しも、緩やかに滅びを見つめる行為なのかもしれない。

ちなみに池袋の乱歩邸にも乱歩自身が設計した半地下式木造退避壕（防空壕）が作られていた。それは一見、砲塁のような形をした角張った築山になっており、凸字型の砲塁の前後左右には四五度に傾斜したトタン張りの扉が付き、砲塁の頂上には雁首型に曲がった土管の空気抜きの丸い口が二個、覗いていた。建設当初、その威容は庭の景観を著しく損なったが、一年もすると退避壕の築山に敷いた芝が馴染んで庭に溶け込み、かえって風情を添えたという。

「防空壕」で死を意識しながら男が味わった夢と、戦後に女が回想するそれの落差は、あるいは戦中の虚妄の理想と戦後の強かな現実主義を風刺しているようにも感じられる。

もっとも乱歩も子供の頃は無邪気に戦争にちなんだ遊びをしていたし、それを懐かしく回想する一面もあった。「旅順海戦館」（「探偵趣味」大正一五年八月）は今日でいう日本海海戦のジオラマである。なお発表時の題名は「旅順開戦館」となっていたが、後に稲垣足穂から正しくは「海戦館」だと教えられ、記憶の誤りを訂正した。指摘を受けたのがいつかは不明だが、昭和六年に刊行された最初の『江戸川乱歩全集』（平凡社）では「旅順開戦館」（第四巻収録）のままなので、それ以降のことなのだろう。この遊び、そして旅順海戦館のパノラマの延長には『パノラマ島奇譚』がある。

乱歩は恐怖をもたらす原因と機序に、様々な空想と思索をめぐらしているが、乱歩の遺筆の魅力は、その博識もさることながら、多くの人が気に留めないような角度や細部に恐怖や怪異の種を見出す、その感覚の鋭敏さにあるだろう。

多くの乱歩作品で印象的な感覚は、異質な「眺め」であり視覚表現だが、ここに収めた作品は奇しくも視線を封印された物語が多い。そうした意図で揃えたわけではないのだが、「二癈人」は自分が見知らぬ自分の行為を突き付けられた男の話であり、「覆面の舞踏者」は肝心の顔を確認できない。「お勢登場」の夫は閉ざされた空間で視覚もふさがれ、「人間椅子」は触覚や嗅覚の官能が語られる。「目羅博士の不思議な犯罪」は視覚的だが、義眼の凝視の物語でもある。「芋虫」でも最後は視覚をも失い、触覚と嗅覚を頼りに最期の尊厳を保とうとする。「断崖」も吊り橋の揺らぎと身体感覚が重要で、「防空壕」

も闇の出来事だ。

「声の恐怖」（『婦人公論』大正一五年八月）は幻聴や機械を介して聞こえる「人間から切り離された声」の恐怖を語った随筆であり、ラジオ時代に適したテーマでもあった。

「吸血鬼」（『大衆文芸』大正一五年一一月）は吸血鬼に関する研究随筆だが、このテーマには周知のように不死や瀆神と共に、性的幻想がかかわっており、同時代的にはマルセル・シュウォッブ、矢野目源一訳『吸血鬼』（大正一三）、バイロン、佐藤春夫訳『吸血鬼』（昭和一一）、日夏耿之介『吸血妖魅考』（昭和六）など、英仏などの翻訳文学や文芸随筆でも扱われていた。乱歩の長編探偵小説『吸血鬼』は昭和五年九月から六年三月にかけて、『報知新聞』夕刊に連載されることになる。

「性慾の犯罪性」（『世界犯罪叢書　月報』昭和五年度）には、異常性欲はもちろんだが、性欲そのものがもつ侵犯性、犯罪性へ視点があり、探偵小説がエロ・グロ・ナンセンスに必然的に結び付いている機序が簡潔に示されている。

　性的嗜好といえば乱歩は男色研究家でもあったが、「張ホテルのこと」（『宝石』昭和二九年七月号）は、外国人客向けの隠れ家的ホテルの話。乱歩も時折、ここを編集者などから逃れて身を潜める際に使ったが、それだけの場所だったのかどうか。臆断は避けるが、乱歩は自身の中学時代の同性愛的傾向を「乱歩打明け話」で語っており、「張ホテルのこと」でもやたらと〝美少年のボーイ〟を繰り返す書きようには、ある種の執着、ないしは思わせぶりが感じられる。これは戦後のことだが、演劇評論家で作家の戸板康二は乱歩に誘われて行きつけのバー「ボンヌール」に行ったが、そこには数人の美少年がおり、「女の子よりいいでしょう」と言われたという（戸板康二『あの人この人　昭和人物誌』）。

ちなみに「張ホテルのこと」は昭和九年の出来事だが、乱歩は前年の昭和八年初頭に大槻憲二が主宰する精神分析研究会（と乱歩は『探偵小説四十年』に記している）に入会し、しばらくは毎月の例会にも出席していた。この会は正式には東京精神分析学研究所といい、大槻憲二、矢野八重吉、長谷川天渓らによって昭和三年に設立された。それが昭和八年、会員増強を図り、同年四月から機関誌「精神分析」を発行するなど活動を活発化した（なおこの研究会は、戦後に創設された日本精神分析学会とは直結していない）。

乱歩がこの会に積極的に参加したのは、〈精神分析には同性愛が非常に大きな題目として取扱われていたからである。会員の中にも同性愛研究に興味を持っている人が二、三ならずいたからである。〉（乱歩『探偵小説四十年』）と述べている。なかでも親しくなったのは、歳下ながらも同性愛文献渉猟では先輩格の岩田順一で、共に旅行をしたり、東京市内、殊に浅草公園近辺をぶらつく仲となった。「瞬きする首」（『東京日日新聞』昭和九年一一月五日）と「残虐への郷愁」（『新青年』昭和一一年九月）は、共に江戸文献や浮世絵に見られる脅威や残虐を語ったもので、古書収集家でもあった乱歩の博識が垣間見える。

「鏡怪談」（『東京タイムズ』昭和二五年七月二五日）では小説「鏡地獄」などで示された乱歩のレンズ・鏡を介しての異質な視線への嗜好が具体的に語られている。合わせ鏡の無限連鎖を極限に高めた六面鏡の部屋を、『東京タイムズ』主催の「お化けと迷信の博覧会」で実際に制作したようだが、その眺めはいかなるものだったのだろうか。知りたい気もするが、体験するのは怖い。

「フランケン奇談」（『キング』昭和三二年一月号）は人造人間だが、代謝腐敗する肉体の断片をつなぎ合わせた怪物性よりも、自動人形のイメージで捉えられているのが乱歩的。文中に紹介された三つの話も、巧みな語り口もあって魅力的だ。

「国家ごっこ」(『こどもの部屋』昭和三四年五月号)は子供時代の遊びに関する回想だが、「旅順海戦館」同様、それが国家という制度に結び付くのはなぜだろう。もっとも乱歩の場合、戦争も国家も「現し世は夢、夜の夢こそまこと」という暗闇の真理の下にあったのかもしれない。

社会規範は時代や政情に左右され、異なる思想に基づく別の道徳観念が対立することも少なくない。戦前と戦後の価値観の転換はその好例だろう。今後も殺人が道徳的とされることはないだろうが、同性愛や厭戦は今日では不道徳とは見られておらず、したがって背徳行為ではなくなっている。しかし乱歩は〝背徳〟を新たな社会規範への思想として語ったのではなく、あくまで欲望の次元で捉えきることにより、思想による相対化自体を拒み、絶対的自由の美学としての背徳を打ち立てた。それが時代の変化にもかかわらず、乱歩作品が背徳の魅力を失わない理由なのだろう。体制に対しても反体制に対しても、常に冷徹な局外者であった乱歩に、もしイデオロギーがあったとしたなら、それは無倫理の思想であり、背徳のユートピア願望にほかならなかった。

収録作品について

各作品は、『江戸川乱歩全集』（光文社、二〇〇三年～二〇〇六年）、『うつし世は夢』（講談社、一九八七年）、『江戸川乱歩随筆選』（紀田順一郎編、筑摩書房、一九九四年）、『江戸川乱歩傑作選』（新潮社、一九八九年）などを底本に、適宜初出誌等を参照しました。初出は長山靖生氏の「解説」の通りです。なお、本書収録にあたり、可読性を鑑み、旧仮名を新仮名に、旧字を新字に改め、ルビも適宜振ってあります。また、改行に準じて字下げを施しております。

本文中には今日的観点に立つと不適切と思われる表現があるかと思いますが、執筆あるいは発表された当時の時代背景、作品のもつ歴史的な意味や文学的価値を考慮してあります。

なお、長山靖生氏の解説は書き下ろしです。

【編集部】

【著者】
江戸川 乱歩
（えどがわ・らんぽ）


1894（明治27年）～1965（昭和40年）、小説家。

1923年、『新青年』に掲載された「二銭銅貨」でデビュー。

1925年に『新青年』に6ヶ月連続短編掲載したうち2作目の「心理試験」が好評を得、
初期作品は日本人による創作の探偵小説の礎を築いた。

また同時期に「赤い部屋」「人間椅子」「鏡地獄」なども発表、幻想怪奇小説も人気を博した。

1927年に休筆したのち、『陰獣』を発表。

横溝正史に「前代未聞のトリックを用いた探偵小説」と評価される。

1931年、『江戸川乱歩全集』全13巻が平凡社より刊行開始。

1936年、少年向け推理小説シリーズの第1話「怪人二十面相」を雑誌『少年倶楽部』に連載。

太平洋戦争により一時執筆を休止したが、戦後再開し、子どもたちから絶大な支持を受けた。


【編者】
長山 靖生
（ながやま・やすお）


評論家。1962年茨城県生まれ。

鶴見大学歯学部卒業。歯学博士。

文芸評論から思想史、若者論、家族論など幅広く執筆。

1996年『偽史冒険世界』（筑摩書房）で大衆文学研究賞、
2010年『日本ＳＦ精神史　幕末・明治から戦後まで』（河出書房新社）で
日本ＳＦ大賞、星雲賞を受賞。

2019年『日本SF精神史【完全版】』で日本推理作家協会賞受賞。

2020年『モダニズム・ミステリの時代』で第20回本格ミステリ大賞【評論・研究部門】受賞。

ほかの著書に『鷗外のオカルト、漱石の科学』（新潮社）、

『「吾輩は猫である」の謎』（文春新書）、『日露戦争』（新潮新書）、

『千里眼事件』（平凡社新書）、『奇異譚とユートピア』（中央公論新社）など多数。

江戸川乱歩（えどがわらんぽ）　背徳幻想傑作集（はいとくげんそうけっさくしゅう）

人間椅子（にんげんいす）

2021 年 7 月 15 日　第 1 刷発行

【著者】

江戸川 乱歩

【編者】

長山 靖生

発行者：高梨 治

発行所：株式会社**小鳥遊書房**（たかなし）

〒 102-0071　東京都千代田区富士見 1-7-6-5F

電話 03 (6265) 4910（代表）／FAX　03 (6265) 4902

http://www.tkns-shobou.co.jp

装画・装幀　YOUCHAN（トゴルアートワークス）

印刷・製本　モリモト印刷株式会社

ISBN978-4-909812-61-2　C0093

小鳥遊書房
オリジナル・アンソロジーシリーズ

江戸川乱歩　妖異幻想傑作集
白昼夢

長山靖生・編／2,600円＋税

〈収録作品〉

赤い部屋
夢遊病者の死
白昼夢
百面相役者
毒草
火星の運河
人でなしの恋
木馬は廻る
押絵と旅する男
指
浅草趣味
映画の恐怖
墓場の恐怖
ある恐怖
群衆の中のロビンソン・クルーソー
人形
郷愁としてのグロテスク
レンズ嗜好症
【解説】
恐怖と嫌悪が描き出す甘美な世界